みょん
Illust.
ぎうにう
JN103961
男嫌いな美人姉妹を
名前も告げずに助けたら
一体どうなる?
Vol.2

プロフィール

名前は 新条咲奈 。●● 歳！（ヒミツ）

さきな って呼んでください♥

8 月 8 日生まれの しし 座で、血液型は O 型！

かぞくは 娘が二人いる よ。

恋愛トーク

Q好きな人はいる？

ヒミツ♥

言葉での愛情表現は…

少なめ ♡♡♡♡♥ 多め

Q好きなタイプはどんな人？

包容力があって優しい人

自分はどちらかと言うと…

Mかも ♡♡♥♡♡ Sかも

Qその人としたいことは？

たくさん包み込んで愛してあげたいです♥

正直…自分は"重い"と思う？

そうでもないかも ♡♡♡♡ 重いかも…

フリースペース

ここは自由に記入してね！

隼人くんへ

大好きな隼人くんと
早くシたいなあ……♥
あいな

私の全ては、
全部貴方のものよ♥
ありさ

これからもたくさん
甘えてくださいね♥
さきな

「何かしてほしいことはない？」
ただでさえ窮屈だったその部分が
限界を迎えたのか、
思いっきり服がはだけてしまい
あまりにも豊満な谷間が露出している。
「っ⁉」

男嫌いな美人姉妹を名前も告げずに助けたら一体どうなる？2

みょん

角川スニーカー文庫

23711

contents

story by Myon ／ illustration by Giuniu

designed by AFTERGLOW

プロローグ

「た、助けてくれえええええええっ!!」

俺は情けない声を出しながら一生懸命に走っていた。

助けてくれ、誰でもいいから俺を助けてくれと願うように……決して足を止めずに俺は走り続けている。

既に体力は限界、息も絶え絶えだというのに俺は足を止めない——この足を止めてしまったら最後、俺はもう終わりだと直感しているからだ。

「なんで……なんでカボチャが追いかけてくるんだああああああっ!!」

そう！　俺は今、カボチャに追われている！

何もない道をただひたすらに、がむしゃらに走る中で背後を振り向く。

「……うおおおおおおっ!!」

無理だった。足を止めるなんて絶対に無理だ。

otokogirai na bijin shimai wo namae mo tsugezuni tasuketara ittaidounaru

だって追いかけてきてるし！　人を煽るような顔をした、それこそ俺が被っていたあのカボチャが巨大になって追いかけてくるんだから必死にもなる。

「くそっ……なんでこんなことになったんだ⁉」

分からない……なんでこんなことになったんだ？

俺が何か悪いことをしたのだろうか？　まるでこれが、お前への罰だと言わんばかりにカボチャに追いかけ回されるほどの悪行を俺がしたか⁉

「ぐっ⁉」

そんな風に考え事をしていたからか、俺は何もないところで躓いた。

何やってんだと自分を責めてももう遅い……俺の体全体を覆うほどの影が現れ、俺はそれを目にして絶望した。

「あ……あぁ……っ！」

ニヤリと嗤う巨大なカボチャに、俺は潰されてしまった。

▼▽

「っ⁉」

カッと目を見開いて俺は目を覚ます。

少しばかり荒い息を整えるように深呼吸をしながら、ゆっくりと脳を覚醒させて気分を落ち着かせる。

「……夢か」

ボソッとそう呟き、俺は今の今まで見ていたものが夢だと認識した。

まあ確かにあんな巨大でそれこそ大型トラックほどの大きさのカボチャがこの世に存在してたまるかよ。しかもそんなカボチャに追いかけ回されるとか更にあってたまるかよ。

俺はベッドから出て部屋に置いてあるカボチャの被り物の前に立つ。

「お前と同じ顔してたぞバカタレが」

こいつめと軽く小突く。

本当に人を煽り倒すようなムカつく顔をしているカボチャの被り物——明らかに部屋に飾るようなアイテムではないのだが、こいつは俺にとってある意味で縁結びの効力があった物だ。

「……そういう点では礼を言わないとだけどな」

そう言って苦笑した時、部屋のドアがノックされた。

「隼人君、入っても良いかしら？」

「どうぞ」

返事をするとすぐにドアが開き、美しい黒髪の少女が現れた。

彼女の名前は新条亜利沙（しんじょうありさ）――強盗に襲われそうになっていたところを俺が助けたことで縁が生まれ、そこから仲良くなって今は俺の彼女になった女の子だ。

制服の上からでも分かる大きな胸を揺らしながら彼女は俺に近づき、チュッと頬（ほお）にキスをしてからカボチャを見た。

「カボチャ様を見つめてどうしたの？」

「いや……巨大になったこいつに追いかけ回される夢を見ちゃってさ」

「凄（すご）い夢を見たのね……」

亜利沙はどう反応して良いのか困ったような表情だが、確かに俺が逆の立場ならそんな顔をするなと苦笑した。

「というかカボチャ様って相変わらずだな……」

「カボチャ様よ！　だってこれは私たちとあなたを結び付けてくれたんだから！」

グッと握り拳を作って亜利沙は力強く言った。

彼女にとってこのカボチャはもはや縁結びの神様と同等の存在らしく、よく俺の部屋で拝んでいる姿を見る。

今日もまた、お祈りを捧（ささ）げるように手を合わす亜利沙。

俺はそんな彼女に苦笑し、改めて向き合った。

「おはよう亜利沙」

「おはよう隼人君♪」

そう挨拶を交わし、俺は亜利沙と共に部屋を出てリビングへと向かう。

リビングに入ると美味(おい)しそうな朝食の香りが俺を出迎え、ちょうど味噌汁(みそしる)の味見をしていた女の子と目が合う。

隣に立つ亜利沙に負けず劣らずの美少女であり、尚且(なおか)つスタイルも同じくらいに素晴らしいその子の名前は新条藍那(あいな)、亜利沙の双子の妹で彼女もまた俺の彼女だ。

「あ、隼人君おはよ！」

「おはよう藍那」

一旦朝食の準備を中断し、藍那は俺に駆け寄った。

首に腕を回すようにして抱き着いてきた彼女を受け止めると、まるでさっきの亜利沙のキスを再現するかのように頬にキスをされた。

「朝はやっぱり隼人君へのキスから始まるんだよねぇ♪」

「あはは、俺としても凄く元気が出るよ。頬とはいえ……キスって不思議な力があるんだなぁ」

「そうだねぇ」

「ふふっ、そうね」

亜利沙と藍那、特別な関係でもある彼女たちからのキスは本当に不思議な力を俺に与えてくれる。

朝、学校に行く前にキスをされたらその日は特に頑張れてしまうほど、俺はどこまでも単純ではあるが、彼女たちのことが大好きなんだと再認識出来るんだ。

「さあ隼人君。朝食を食べてしまいましょう？」

「そうだね！　こうしてラブラブしてるのもそれはそれでいいんだけど、学校に遅れちゃったら元も子もないし！」

「分かった。本当にいつもありがとう、二人とも」

こうして、今日も愛する二人が作ってくれた朝食を食べて幸せな一日が始まりを告げた。

俺には二人の彼女が居る――それは言葉の綾だとかそういうのではなく、実際に二人の彼女が居るのだ。

基本的に婚姻制度が一夫一妻制の日本において、妻という存在が一人なのと同じで、彼女という存在も一般的には一人だろう……その中において、俺はまるでその禁忌を犯すかのように二人の女の子を双方同意の上、彼女にしていた。

『隼人君、愛してるわ』

『隼人君、愛してるよ』

そうやって愛を囁いてくれる二人の声、それは彼女たちが傍に居ない時……それこそ一人の時も容易に想像出来るほどに、俺はもうその言葉を聞き慣れている。

俺と彼女たちの出会いは決して良いモノとは言えなかったが、だからこそ俺と彼女たちは、そこから濃密な時間を過ごすことで今のような関係性に至った。

二人の女の子と付き合っている……それは周りに公言出来ることではない。

亜利沙と藍那が彼女という事実は嬉しいことだし、そのことに後悔は全くしていない。

これから先もそれはないだろうと断言出来る——だが、敢えて言わせてもらえれば俺は一つだけ……本当に一つだけ、贅沢な悩みを最近抱いていた。

『くそっ……なんでこんなに二人はエロいんだクソッタレが！　的確に俺の理性を削ぎ落とそうとしてくるのが……ぬおおおおおっ！　嫌じゃないしむしろ嬉しいし、それだけじゃなくて二人ともめっちゃ優しくて可愛くて……うがあああああっ!!』

なんてことを一人で叫ぶことも最近は特に多い。

彼女たちと出会って仲を育み、二人からの猛烈なまでのアピールを受けてその愛に溺れることを自ら選び、彼女たちと恋人関係になってひと月が経過し、そろそろクリスマスがやってくるといった頃合いだ。

　十二月二十四日、その日街中は多くのカップルたちで溢(あふ)れかえる。

　そんな恋人たちにとっての特別なイベントを間近に控える中、俺は今日もエッチで可愛い美人姉妹の愛を受け、喜びながらも必死に我慢するという日々を過ごすことになるのだった。

「……あ～♪」

「ふふっ、ご満悦な様子ね、隼人君？」

　目の前でおっぱいが……じゃなくて、俺を見下ろしながら亜利沙がそう言った。

　今は昼休みで先ほど昼食を済ませたばかりだが、他人の目から隠れるような形で俺と亜利沙は人気(ひとけ)のない空き教室に来ていた。

　冬ということもあって冷えるのは当然だが、今日に関してはよく晴れておりいつもと比べて少し暖かい。

　俺たちの関係性を周りに黙っている以前の話なのだが、亜利沙と藍那は美人姉妹として学校ではとにかく人気で、高嶺の花のような存在である——そんな彼女たちと必要以上に仲良くしている姿を見られたら面倒な事態に発展するのは分かり切っているため、こんな風に俺たちは学校では隠れて会っている。

「亜利沙の膝枕は良いなぁやっぱり……凄く落ち着くし、授業で疲れた脳が一気に回復していくみたいだ」

「そう？　なら心行くまで堪能してちょうだいね♪」

「あぁ。ありがとう亜利沙」

「良いのよ。私はあなたの役に立てるなら、なんだって嬉しいんだから」

そう言って亜利沙はニコッと笑った……気がした。

こういう時に少し不便なのは亜利沙の胸が大きすぎて彼女の表情が見えないこと。まあ見えない代わりに見えるものがあまりにも眼福すぎるのはあるけれど、やっぱり彼女の笑顔はいつだって見たいものだからな。

(亜利沙は本当に奉仕精神が強いっていうか……俺だから、なんだろうな)

今の言葉でも分かるように、亜利沙はとにかく俺の役に立とうとしてくれる。

彼女と付き合う前からその片鱗を言葉の端々に感じていたものの、こうして付き合い始めてからそれは更に顕著なモノになった。

「…………」

「どうしたの？」

「……いや、よっこらせっと」

俺は名残惜しさを感じながらも至高の膝枕から上体を起こす。

不思議そうに俺を見る亜利沙を見つめつつ、俺は少しばかりの恥ずかしさを堪えるようにこう口にした。

「今日もありがとう亜利沙。流石、俺だけの女の子だ」

なんて、あまりにも歯の浮くような台詞。

俺だけの女の子……こんな言葉、よっぽどのイケメンかそれこそホストの仕事をしている男にのみ許されているような言葉にも思える。

ただ……亜利沙にとってはとても効果的な言葉だ。

「あ……あぁ♪」

頬を赤く染め上げ、両手を頬に当て、恍惚とした表情で俺を見つめるその姿は正にスイッチの入ってしまった女の姿だった。

（……この目なんだよな。この従属しているというか、心から俺のモノなんだと雰囲気だけでも伝えてくるのが本当にエッチだ）

……エッチ！　本当に何もかもがエッチすぎる！

女性に対してエロいという感情を持つことが失礼だと思いつつも、その感情を捨て切ることがどうしても出来ない。

「ねえ隼人君。他には？　他に何かしてほしいことはない？」

そう言って亜利沙は両手で俺の左手を握りしめる。

少しだけひんやりしているなと感じつつも、それは俺の手が亜利沙に比べて熱を持っているからだと理解した。

ジッと見つめ合う瞬間があるだけでも幸せなのに、こうして亜利沙と二人きりの状況で何かしてほしいことはないか……そう聞かれてしまうと素直に甘えたくなる不思議な力がある。

「えっと……じゃあ思いっきり甘えても――」

「良いわよ」

最後まで言い切る前に、俺は亜利沙に抱き寄せられた。

ギュッと抱きしめられて優しく背中を撫でられ……そうされると今が学校だということを忘れてこの温もりに心から浸りたくなる。

「これだと私も幸せになれるけど、それ以上に求められることはやっぱり嬉しいわ」

「そうか……俺も凄く幸せだよ。こうしてるだけで本当に」

そんな風に亜利沙と抱きしめ合っていると、クスクスと可愛らしい笑い声が俺たちの鼓膜を震わせた。

その声が聞こえても俺たちは誰が来たんだと慌てることはない——何故ならその声が誰のものか分かっているからだ。

「二人ともラブラブだねぇ♪」

「あら、藍那も来たのね」

ドアから顔を覗かせていたのは藍那だった。

ニッコリと笑う藍那は正に天真爛漫という言葉が似合うほどに可愛らしく、明るく可憐な様子はこっちまで笑顔にするほどだ。

「ごめんね姉さん。隼人君との時間を邪魔しちゃって」

藍那が申し訳なさそうにそう言うと、亜利沙はクスッと笑った。

「それくらい構わないわ。まだ少し物足りないけれど、後の時間はあなたに分けてあげるとしましょうか」

「え、いいの!?」

「もちろんよ。それじゃあ隼人君、藍那を任せるわね」

おぉ……これがお姉ちゃんの余裕というやつなのか？

それでもドアが閉まる直前に見せた亜利沙の表情がどこか物足りなそうだったのも強く印象に残り、そこまで想われていることが本当に嬉しかった。

亜利沙と入れ替わるように残った藍那は静かに身を寄せてくる亜利沙とは対照的に少しばかり大袈裟に抱き着いてきた。

「隼人く〜〜ん!!」

「おわっ!?」

飛び付くように、というと言いすぎかな？　でもそれくらいの勢いで藍那は俺に強く抱き着き、胸元に顔を埋めるようにグリグリと額を押し付けてくる。

ひとしきりそうした後、顔を上げた彼女はご満悦だと言わんばかりにエロ親父みたいな声を出す。

「むはぁ〜♪」

「むはぁはやめい！」

「良いじゃん良いじゃん！　だってそれくらい良かったんだもん♪」

……くそっ、可愛くてこれ以上は何も言えねえ！

ニコニコと微笑むだけでなく、その豊満な肉体を思いっきり押し付けてくるのは亜利沙と変わらないのだが、聞くところによると僅差ではあるが亜利沙よりも大きな胸に意識が集中してしまいそうになる。

（くぅ……胸を押し付けられるっていうだけなのに、どうしてこんなにも理性をゴリゴリ削られないといけないんだ！）

それだけこの柔らかな物体には抗えない魔力が込められているかのようだ。

俺と彼女たちはもう恋人同士だし、なんなら意図しているかどうかは分からないが、ここまで亜利沙も藍那もスキンシップしてくる……それならもう良いじゃないかと、欲望のままにしても良いじゃないかと考えてしまう半面、体の関係を持つのは流石にまだ早いと俺の中の天使が押し止める。

『いいじゃねえかよ、やっちまえよ！』

『ダメです！　まだ責任を取れない年齢なんですよ⁉』

果たして何度、俺の中に住む天使と悪魔がこのような言い合いをしたか……それはどれだけ数えても数えきれないほどだ。

高校生で体の関係を持つことは今の時代、何もおかしなことじゃないけれど、やっぱり俺としても万が一を考えたら怖くなる……それは自分の保身もあるが何より彼女たちのことを考えて……だというのに！

「ねえ隼人君。まだ教室には戻らないよね？　あたしともラブラブしよ？」

亜利沙と藍那、二人を比べるなんてことはしない……けれども、亜利沙以上に甘さを感じさせる小悪魔的な微笑みを浮かべながらのその提案に、俺には頷（うなず）く以外の選択肢がなかった。

椅子に腰を下ろした俺の正面に藍那は立ち、そのまま俺の膝の上に座った。

藍那は俺の肩に手を置いて見つめてくるのだが、ペロリと舌を出すその姿はさっきも言ったが小悪魔のようで……それこそ漫画なんかに登場するサキュバスのようにも見えてしまいドキドキする。

「えへへっ、こうしてると本当にドキドキするね。隼人君と見つめ合っているだけでも凄いのに、こうして至近距離で引っ付いてると下半身がキュンキュンする♪」

「…………」

女の子が下半身キュンは絶対に言ったらいかんのよ……。

至近距離で見つめ合っているからこそ、俺が顔を赤くしたのは間違いなく……いやほぼ確実に見られているはずだ。

「もう！　隼人君ったら可愛（かわい）いんだからぁ!!」

「むぐっ!?」

　急に大きな声を出したかと思えば、俺はガッシリと藍那に抱き寄せられた。

　ご丁寧に頭の後ろに腕を回され逃げることは出来ず、俺は圧倒的なまでの柔らかさの中に顔を突っ込んだまま、藍那から放たれる甘い香りを存分に嗅いでしまっている状態だ。

「ぅん……ふふっ♪　くすぐったいけどこうしてると幸せ。ねえ隼人君、凄くドキドキしない？」

「……する」

「でしょ？　あぁ本当に可愛いなぁ……ニヤニヤしちゃうし、冬なのに体がどんどん熱くなっちゃうよぉ」

「…………」

　体を小刻みに震わせる藍那の抱擁を受けながら、俺はついに黙り込んだ。

（藍那もこうなんだよなぁ……っ！　本当に俺、よく耐えてると思うぞ、マジで！）

　亜利沙の時にも思ったことは当然のように藍那にも同様だ。

　ただ藍那に関しては亜利沙よりも更にボディタッチの頻度が多く、かといって鬱陶しいと一度も思わせないのは惚れた弱みもあるんだろうけれど、とにかく藍那の素直な愛情表現は心底心地がよい……もちろん、亜利沙の愛情表現も違っていいけどさ。

「隼人君」

「うん？」

頭の拘束が緩められ、藍那の胸元から顔を離す——藍那は頰を赤くしながらも俺から視線を逸らすことはせず、そのまま唇にキスをしてくるのだった。

その後は特に何事もなく昼休みは終わり、藍那を見送る形で俺も自分の教室へと戻った。

「……ふぅ」

席についてそっと息を吐いた。

亜利沙と藍那、二人と付き合い始めてから常に俺はこんな日々を送っている。

学校ではあのようにして隠れながらではあるがイチャつき、周りの視線が完全に消えてしまう家では彼女たちはまるでタガが外れたかのように、学校よりも更に甘くて際どい愛情表現をしてくる。

（俺……いつまで耐えることが出来るんだろうなぁ）

可愛いだけではなく、美人でエッチな女の子二人からあんな風に距離をググッと詰められて耐え続けている俺……もしかしたらもうすぐ悟りを開けるかもしれないと割とマジでそう思っている。

（母さん、父さん——天国から見守ってくれてるかな？　俺、凄く幸せだけど苦行のような毎日を送ってるよ）

幸せだけど大変……それが俺――堂本隼人の日常だ。

まあこんなことが悩みだと言ったら世の中の男に殺されそうだけど、母さんと父さんは……特に母さんに関してはお腹を抱えるほどに爆笑しながら俺を見守っているような気がしないでもない。

とにもかくにも俺は幸せだ……でもやっぱり、亜利沙と藍那の二人から与えられる愛情表現に今まで以上にどっぷりと浸かってしまうのではないか……なんて怖さもあるけれど、そんな怖さすらも呑み込むような愛を彼女たちは向けてくる。

……やれやれ、本当に贅沢な悩みだよと俺は苦笑し授業に集中するのだった。

一、聖夜の赤い小悪魔姉妹

「クリスマスはどうすっかねぇ」

「俺たち彼女居ねえじゃん。なら男同士で遊ぶしかねえだろ！」

ある日の放課後、俺の傍で親友二人がクリスマスについて語っている。

オタクっぽい宮永颯太、筋肉質で不良っぽい青島魁人——高校に入学してから知り合ったのだが、一度話をしたらウマが合い仲良くなった二人だ。

「ハロウィンも一緒に過ごしたんだし、ここはクリスマスも一緒じゃね？」

「俺は構わないぜ？　出掛けた先でたくさんのカップルを見て泣くことになるかもだが」

「それを言うなよ……なあ隼人？」

「え？　あ、あぁそうだな」

ちなみに俺はもうクリスマスの予定は決まっており、亜利沙と藍那がうちに来ることになっている。

otokogirai na bijin
shimai wo namae
mo tsugezuni tasuketa
ittaidounaru

最初はどこかに出掛けようか、プレゼントも用意しようかという話になっていたんだけど、色々と考えた結果俺の家でのんびりケーキパーティをして過ごすことに。

「二人ともすまん。クリスマスはちょい用事があってな」

「用事ぃ？」

「まさか……女か!?」

はい、女ですと言ったら怒りを買い、しかもあの新条(しんじょう)姉妹だと言ったら更に怒りを買い……これ、二人と付き合ってますなんて言ったら殺されるんじゃね？

どうなんだよと二人に詰め寄られそうになったが、当然彼らは本気ではなく、すぐになんてなと笑った。

「実を言うと俺も家の用事があるんだよなぁ」

「そうなのか？　なら俺は家族と一緒にケーキでも食うかねぇ」

二人とも家の関係でクリスマスは予定があるようだ。

遊べないことに対する文句を言うのではなく、家族と一緒の時間を作ることでこんな風に笑顔になれるのは本当に良いことだ。

家族を大事にする人に悪い人は居ない……極端な例えかもしれないけど、少なくとも俺は強くそう思っている。

「でもさぁ、最近母ちゃんに隼人の爪の垢でも煎じて飲んだのかってよく言われるぜ」

「あ、それ俺も一緒だわ。隼人と一緒に居ると、自然に両親のことを大切にしようって思えるからなぁ。当たり前のことだけど、前に比べたら意識の差は凄いな」

「おい、そんな目で見るんじゃない」

二人して感謝するような顔で俺を見るんじゃない、背中が痒くなるだろうが。

「いやいや、本当に大きいことだぞ？」

「そうそう。だからこそ、お前に何かあったら力になりたいって思うんだよ」

「……サンクス」

ヤバい、ムズムズしてきた。

照れるように小さく口にした俺に彼らはニヤニヤしながら見つめてきたので、確かに二人なりの感謝はあったみたいだが揶揄いの方が大きいことに気付き、結果俺がツンとそっぽを向くのも当然の流れだった。

それから時間は流れてあっという間に放課後だ。

『今日はうちで夕飯を食べてちょうだいね？　いつもみたいに母さんも会いたがっているから』

亜利沙からそんなメッセージが届いていた。

朝に家に来てくれるのもそうだけど、夕飯も彼女たちがうちに来てくれるか或いは俺が彼女たちの家へ行くのが当たり前になっている。

（えっと……友達と遊んで帰るから六時くらいには行くよっと）

そうメッセージを送ってスマホを仕舞い、俺は颯太たちと共に街に繰り出した。

「どこ行く？」

「カラオケでも行くか？」

「そうしようぜ」

すぐに行き先も決まって行きつけのカラオケ店へ向かう途中、買い食いをしている同じクラスの男子たちとすれ違う。

その時、自分でも不思議なほどに彼らの会話が耳に入ってきた。

「最近、新条さんたちめっちゃ楽しそうにしてるよな？」

「彼氏でも出来たんじゃね？」

「まさか！　あの二人の彼氏ならどこかの御曹司とかじゃないと釣り合い取れねえだろ絶対に」

「確かになぁ！　俺たちみたいな普通の男じゃ満足させられねえわ」

そんな彼らの会話を聞いて、つい俺は体も彼らに向けて足を止めた。

今の言葉に何を思ったわけでもない……それでも何故か、自然に足を止めてしまっていた。

「どうした？」

「なんか言われたか？」

「……いや、何でもない」

不思議そうに見つめていた二人に首を振り、俺はすぐにまた隣に並んだ。

それからは楽しい時間だった――アニソンや演歌などなんでもござれ、とにかく喉がかれない程度に俺たちは歌いまくった。

冬休み前の期末テストもちょうど終わったことだし、亜利沙と藍那に癒やされているとはいえ雀の涙程度のストレスは残っていたのかな？　まあそれだとあってないようなものだが。

「いやぁスッキリしたぜ！」

「やっぱカラオケは良いもんだなぁ！」

二人の言葉に俺は頷く。

現在時刻は五時十五分……そろそろ帰るとするか――そう思っていた時だった。俺はそこそこに懐かしい顔を見かけた。

った。

俺の高校とは違う制服の集団、その中の一人がある意味で俺の記憶に残っている少女だった。

「……あ」

「何見てんだ？」

「うちの高校じゃねえな」

広い街の中だし他所の高校の生徒なんていくらでも目にする機会はあるので、二人が特に反応しないのも当たり前だが……俺としては高校生になってまた会うとは思っていなかった相手である。

（……ま、住んでる街は同じだしおかしくないか）

その少女とはかつて同じ中学のクラスメイトであり……亜利沙たちにも話したけれど、少しだけ付き合って別れた女の子だったのだ。

『私たち、別れよっか』

数週間程度の付き合い、それこそおままごとみたいなものだった。

彼女という存在が出来たことは確かに嬉しかったけれど、だからといって天にも昇るほどに喜んでいたかと言われたらそうではなく、彼女の方から別れを切り出された時も、うん分かったと頷くほかなかった。

（きっとつまらなかったんだろうな……付き合ってても、何か特別なことをしてあげたわけじゃないし）

……ええい！　やめだやめだ！

既に気にしていないこととはいえ、こうやって思い出すと気分が落ちるのは流石に女々しすぎるだろ。

俺と彼女はもう終わった関係だし、何より後ろ髪引かれるものがあるとか未練があるとかそういうことは一切ないんだ——だから何も気にする必要はないんだよ。

「じゃあこの辺で」

「ういうい～。またな～！」

「おつかれ～」

颯太と魁人に手を振って別れを告げ、俺はそのまま新条宅へと向かう。

彼女たちの住む家が見える頃には街中での出会いも綺麗に忘れてしまっており、俺はいつもと同じようにドキドキを堪え、インターホンを鳴らす。

「亜利沙と藍那……どっちが出迎えてくれるかな」

なんてしょうもないどっちか当てゲームをやってみよう。

う～ん……藍那だな！　そう思って玄関で待っていると扉が開き、一人の女性が顔を出してにこやかに微笑(ほほえ)んだ。

「いらっしゃい隼人君。待っていましたよ」

「あ、こんばんは咲奈(さきな)さん」

出迎えてくれたのは彼女たちの母親でもある咲奈さんだった。

いつ見ても高校生の娘が二人居るとは思えないほどの若々しい見た目と、亜利沙と藍那の母だと一発で分かる彼女たち以上のスタイルの良さに、ダメなことだと思いつつもやっぱりドキドキしてしまう。

でも……そんな気持ちを容易に吹き飛ばすほどにこの人は優しかった。

「あ、そうでした――おかえりなさい隼人君」

「……ただいまです」

俺は決してこの家の人間ではないし、咲奈さんからすれば自分の娘たちが付き合っている彼氏でしかない……それなのにこの人はいつも俺がここに来た時、いらっしゃいとも言うがおかえりなさいとも言ってくれる。

「外は寒かったでしょう？　部屋を暖めていますからどうぞ中へ」

「あ、はい」

「あぁでもその前に、今日もまたギュッとさせてくださいね？」

両腕を広げて咲奈さんは俺を待つ。

……これ、完全に息子同然に思われているよな？　こうされるといつもどうすべきか迷ってしまうが、その迷いも一瞬ですぐに消え、俺は咲奈さんへと身を寄せてしまう。

亜利沙と藍那とも違う大きな安心感――それは大人の包容力と共に、亜利沙と藍那の二人にも受け継がれた優しさなんだろうなと強く思った。

（……あぁ、母性の暴力が凄まじい）

全てを包み込んでしまうほどの優しさと、服の上からでも伝わる圧倒的なまでの大きさと柔らかさ……流石に亜利沙たちみたいにムラムラしないのは咲奈さんが亡くなった母さんを彷彿とさせるからだろうな。

「二人は？」

「仲良くお風呂に入ってますよ。さっさと済ませて隼人君とイチャイチャしたかったんでしょうね」

「あはは、それは光栄ですね」

咲奈さんと一緒にリビングに向かうと、やっぱり二人は居なかった。

それから夕飯の準備をする咲奈さんを手伝いながら二人を待っていると、先に風呂から上がってきたのは藍那で、しばらくして亜利沙も上がってきた。

「いらっしゃい隼人君」

「おかえりなさい隼人君♪」

そうして当たり前のように二人は俺の腕を抱きしめた。

亜利沙がピンク、藍那がオレンジでデザインはほぼ同じパジャマ姿だけど……こんな完全プライベート姿も彼氏だからこそ見られる光景だろうか。

制服とも私服とも違う彼女たちに囲まれ、俺は緩みそうになる頬を必死に引き締めることに必死だった。

「ふふっ、それじゃあ私もお風呂に入ってくるわ。二人とも、戻るまで準備は任せたわよ」

「分かったわ」

「寒いからしっかり温まってねぇ！」

咲奈さんがリビングから姿を消し、残ったのは俺たちだけだ。

パジャマ姿で風呂上がりの亜利沙と藍那……風呂で温まった二人に抱き着かれているのは気持ち良いいし、ボディソープやシャンプーも凄く香りが良い。

「ふふっ」

「えへへっ」

両サイドから天使のような微笑みを向けられ、チュッと同時に頬にキスをされる。

「さあ藍那、隼人君のためにお料理を頑張るわよ」

「分かってるよぉ♪　じゃあ隼人君はゆっくりしててね？」

いや手伝い……するよ……？

ゆっくりしててと言われたものの、咲奈さんの手伝いをしていたので俺は腕捲(うでまく)りをしてやる気満々の顔を彼女たちに向けるも、再びゆっくりしててねと言われて仕方なく引き下がった。

「……本当にもっともっとダメにされちまいそうだ」

楽しそうに料理をしている美人姉妹の二人を眺めているだけでも贅沢(ぜいたく)なのに、俺のためにと腕を振るって料理を作ってくれているのだから更に贅沢だ。

「…………」

それからずっと、俺は何をするでもなく料理する二人を眺めていた。

咲奈さんが風呂から上がってきてからは迅速に準備は進んでいく。亜利沙と藍那の愛情がたっぷりと詰まっているのはもちろんのこと、咲奈さんも料理に手を加えており本当に最高の夕食だった。

「今日のお料理はどうだった？」

「うん。めっちゃ美味かった」

「とても美味しそうに食べてくれていたものね。それが見られただけで嬉しいわ」

　夕飯の後は亜利沙の部屋にお邪魔していた。

　明日も学校があるため、俺はそろそろ帰る時間ではあるがもう少しだけ彼女たちと一緒に居たかった。

「そろそろクリスマスだねぇ。その後は冬休みだし……う～ん、隼人君とたくさん一緒の時間が過ごせると思うと凄く幸せだよぉ♪」

「退屈なんてさせない。絶対に寂しくなんてさせない冬休みにするって豪語してしまったものね。覚悟してね隼人君」

「お、おう……ちょっと怖い気もするけど」

　怖い……おかしいな。

　待っている日々は間違いなく幸せなもののはずなのに、何故か何が起こるんだと少しだけ背中が震えてしまう。

　そんな風に体を震わせていた俺に彼女たちが一斉に飛び付いてきた。

　片方だけならまだしも、二人の体重を支えることは残念ながら出来ず……俺は柔らかな質感の絨毯の上に横になる。

「……夜、寂しいわ」

「……夜、寂しいよ」

「亜利沙……藍那」

寂しい……それは俺が帰ることに対する彼女たちの気持ちの吐露だ。

別に会おうと思えばいつでも会えるし、話だけなら電話さえしてくれればいつだって俺たちは気持ちを繋（つな）ぐことが出来る。

それでもやはり一時とはいえ別れの時間が来ると、彼女たちは途端に弱々しくなる。

こうなってしまうと俺としては彼女たちを反射的に抱きしめ、俺はずっと傍（そば）に居ると言いたくなってしまう……だが、あまり心配する必要はなかったようだ。

「早く一緒に暮らしたいわね」

「うんうん♪　そうしたら朝から晩までずっと一緒なのになぁ……一緒に住むのがすっごく楽しみだよ！」

「……あはは」

さっきまでの不安そうで寂しそうな表情は一変し、二人とも未来の姿を楽しそうに語り合っている。

その後、俺は支度を整えて名残惜しさを残しながらも新条家を後にした。

暖かな彼女たちの家を出ると俺を包み込むのは冬の寒さ……夜はかなり冷え込み、これはちゃんと防寒しないと風邪を引くなんてことになりかねない。

「体調を崩して心配を掛けたくないからな……亜利沙と藍那だけじゃなく、颯太と魁人にも心配されそうだし」

それにしても、本当に毎日が充実しているなと俺は思った。

ずっと一緒だった親友たちとも変わらない仲の良さだし、彼女になってくれた二人とも掛け替えのない幸せな日々を送っている。

こんなに幸せで後になって反動とかないだろうか、そんな不安を抱いてしまうけど無用な心配なんだろうなぁ……何があったとしても、俺が絶望するような未来が訪れる気配すらないのだから。

「……いや、俺だけがじゃねえな。彼女たちもだ」

自分だけでなく、彼女たちも悲しむ未来は絶対に来させない。

それが俺の誓いであり……これからずっと、この胸に秘め続ける想いだ。

「ただいま〜っと」

向こうで夕飯を済ませたのもあってやることはそんなにない。

風呂に入って歯磨きをした後、部屋に戻ってスマホを確認すると藍那からメッセージが届いていた。

『もう家に着いたかな？　今日は楽しかったよ隼人君♪　あたしも姉さんもお母さんも幸せな時間だった！　本当に好き！　愛してる隼人君！』

「文字だけなのに熱量が凄いなぁ」

文面から藍那の情熱が伝わってくるかのようだった。

返事が遅くなったことの謝罪と既に風呂も済ませたこと、後はもう寝るだけなのを彼女に伝えた。

『分かったよ。それじゃあおやすみなさい――隼人君、寝るその瞬間まであなたのことを想ってるね♪』

「……可愛いかよ」

今は俺一人のため、いくらニヤニヤしたところで誰にも見られない。

窓ガラスに薄く反射する俺の顔は案の定、にやけてしまっており外ではこんな顔、絶対に見せられないな。

「ふう、今日は疲れたな」

部屋に戻ってすぐ、簡単に明日の準備をしてからベッドに横になった。

亜利沙と藍那、咲奈さんと過ごす時間は最高だったし親友二人との時間も当然最高だった……けど、まさか彼女を見ることになるとはなぁ。

「…………」

中学時代の元カノ……何故か彼女を思い浮かべた時、すれ違った男子たちの言葉が脳裏に蘇った。

『確かになぁ！　俺たちみたいな普通の男じゃ満足させられねえわ』

満足させられない……ねえ。

実は一瞬、本当に一瞬だけ俺は自分に言われているように思ってしまった。

俺は亜利沙と藍那を満足させてあげることが出来るのか？　もしも出来なかったらまた離れていってしまうんじゃないかと……。

「ったく、情けねえ」

そこで俺は強く首を振った。

「これはもう前に一度悩んだことだろう隼人――二人と付き合うことを決めた時点で全部受け入れて覚悟しただろうが。今更そんなことで悩むんじゃねえよバカタレ」

自分で自分に活を入れるように、俺はパシッと両頬を叩く。

満足させてあげられなかったらとか、いずれ元カノのように離れていってしまうのではないかとか、そんなことを考える暇があったら、今の俺が彼女たちにしてあげられることを考えるべきだろう。

難しくなんてない……彼女たちが向けてくれる想いに応え、俺もまた想いを返しをしていくだけだ。

「うん……これもまた切り替え、メリハリってやつだよなぁ……にしても――」

さてさて、そんな風に気持ちを落ち着かせて想像するのはクリスマスのことだ。

亜利沙たち二人と過ごすことになるのはほぼ確定だけど、一体どんなクリスマスになるんだろうか……亜利沙はともかく、藍那は何か企んでいるような様子だったんだよなぁ。

「……くぅ！　ワクワクするぜこんちくしょー！」

興奮を隠せずバタバタと足をベッドに叩きつける。

これは決していやらしいことを考えているわけではなく、単純に彼女という存在とクリスマスを一緒に過ごせることにワクワクしているだけだ！　絶対にそう！　異論は認めないぞ誰にもな！

「……ふわぁ」

ひとしきり興奮した後に訪れたのは、とてつもない眠気だった。

部屋の電気を消してボーッと暗い天井を眺めているとすぐに眠たくなる……俺は眠る直前、こんなことを呟いていた。

「楽しいクリスマスになると良いな……いや、絶対になるな」

　そうして、俺はそのまま夢の世界に旅立っていた。

　十二月二十四日、いよいよクリスマスイブだ。

　数日前から雪も降っており、そこまで積もってはいないが街並みは綺麗な雪化粧だ。

　クリスマスイブの今日は金曜日で学校があった。

　学校内の光景はというと朝からみんな少しだけソワソワしており、男子から女子を誘ってたり、或いはその逆も多かった。

（ま、せっかくだからクリスマスの思い出は残したいもんな）

　仮に彼女や彼氏が居なかったとしても、普段仲の良い友人とどんちゃん騒ぎをするのも乙なもんだろ……たぶん、亜利沙たちと付き合っていなかったら俺もイツメンでやったと思うからな。

「……う～ん」

　さて、現在時刻はもうすぐ夕方の五時である。

　今日のために予約していたケーキは俺が店に受け取りに行ったし、夕飯に関しては亜利沙と藍那というスペシャリストが手料理を振る舞ってくれる。準備は完璧だ。

「咲奈さんも居てくれたら良かったんだがな……」

元々咲奈さんも誘うつもりだったけれど、せっかくの夜だから俺たちだけで楽しんでほしいと言われてしまった。

そのことだけが少し心残りだけど、それなら別の機会に咲奈さんも交えてみんなで騒げば良いだけだ。

「そろそろ来たかな？」

そう呟いた直後、インターホンが鳴ったので俺は玄関に向かった。

扉を開けると買い物袋を持った二人が立っており、着替えも入っているであろう鞄も持っていた……というか藍那の鞄ちょっとデカくない？　まあ女の子だし、何か色々と必要な物が多いんだろうな。

「来たわよ♪」

「来たよ♪」

ニコッと微笑んだ二人に俺は心の中で可愛いと大絶叫した。

にんまりとみっともない顔をしていないかだけ不安になったが、気付かれていないと信じて二人を家の中に招き入れた。

「雪……降ってたんだ？」

「えぇ。少しだけね」

「綺麗だったよ？　ホワイトクリスマスってやつだねぇ♪」

俺が家に帰る時は降ってなかったけど、どうやら気にならない程度とはいえ二人がこっちに来る時には雪が降っていたようで、それに気付いたのは二人のコートに雪が溶けた形跡があったからだ。

既に暖房がきいたリビングに二人が入るとコートを脱ぐのだが。

当然その下は私服で……二人がコートを脱ぐ仕草だけでもドキドキしてしまうのは仕方ない。

（……しかも今日、二人はうちに泊まるんだよな）

そう……そうなのだ！

明日が休日ということもあって二人は俺の家に泊まることになっており、これに関しては咲奈さんから了解を得ている。

初めてのお泊まり……いつかこういう日が来るとは思っていたが、まさかこんなに早いとは思っていなかった……正直、既に今から心臓がバクバクしている。

「隼人君」

「ひゃい⁉」

あ……つい変な返事になってしまった……。

声を掛けてきた亜利沙だけでなく藍那もニコッと微笑んでいるので、どうやら俺の様子は彼女たちには筒抜けらしい——ただ、俺を見つめる二人はすぐに真剣な表情へと変わった。

「またご挨拶させてもらうわね？」

「うん。良いかな？」

二人の問いかけに俺は頷き、ありがとうという言葉を内心で呟きながら彼女たちを見つめる。

向かう先は居間の片隅——そこには仏壇がある。

亜利沙と藍那は仏壇に手を合わせ、数秒間目を閉じた後に口を開いた。

「今日もお邪魔させていただきます——お母さまにお父さま」

「こんばんは、お邪魔します——隼人君のお母さんにお父さん」

なんつうか……こうして二人が仏壇に手を合わせてくれることが凄く嬉しかった。

颯太と魁人もうちに来たら手を合わせてくれるけど、本当にありがたいというか心にグッと来るんだよな。

最後にもう一度手を合わせて静かになった二人の背中を見つめながら、俺は仏壇に置いてある両親の写真に目を向けた。

(母さんと父さんにも実際に会ってほしかったな……)

本当にそれだけが唯一の心残りでもあった。

さて、僅かに心に飛来した寂しい感情はこれでさよならだ——亜利沙が率先してご馳走(ちそう)の準備に取り掛かる中、俺は気になったことを藍那に訊(き)いた。

「なあ藍那」

「なに?」

「亜利沙に比べて随分と鞄が大きかったけど……あれは?」

そう訊くと藍那は笑みを深くし……ってこの微笑み、どこかで見たことがある。

それがどこだったか考えていると、藍那は唇に手を当てながらお茶目(ちゃめ)にこう言った。

「それはねぇ♪　後になってのお楽しみかなぁ?」

「…………」

とまあこのように教えてくれませんでしたよ。

無理に聞き出そうとも思わなかったし、少し勿体(もったい)ぶられた形だけど後で教えてくれるのなら別に……あ〜うん、でも大分気になってるわ俺。

「じゃあ俺、お先に風呂入ってくるわ」

「いってらっしゃ～い……あ、お背中を流したりは――」

以前に比べて大分寒いのもあって丁寧にお断りをした。

まあ藍那の提案にドキッとしたのは確かだけど、亜利沙も藍那を止めてくれそうだったので押し切られることはなかったかな？　ただ……また彼女とお風呂に入れるかもしれない機会を逃したことは心底残念だったけれど。

その後、俺は二人に見送られて風呂に向かい体を温めた。

藍那のことだから問答無用で突撃されるかと少し期待と不安を抱いたものの、そのようなことはなく平穏無事にお風呂タイムを過ごすことが出来た。

「上がったよ。藍那入る？」

「うん！　隼人君の残り湯を堪能じゃ～い！」

だから女の子がそういうことを言うんじゃないよ！

「藍那！」

ほら、お姉ちゃんがはしたないって怒るぞ――。

「私が入るから代わりなさい！」

そっちか～い!!

　思わずつんのめりそうになるのを堪え、結局我先にと風呂場へ向かう藍那を俺と亜利沙は見送った。

「あれはどっちかっていうと男の俺の反応では？」

「あの子は隼人君が思っている以上にスケベだわ。だからあの反応は間違ってないわね」

「……亜利沙も代わりなさいとか言ってなかった？」

「幻聴よ」

　それは随分と都合の良い幻聴っすね亜利沙さん。

　たぶん今の俺はジトッとした目を向けていたに違いない——亜利沙は頬を赤くしながらツンッとそっぽを向き、小さな声ではあったが聞き取れる声量で呟く。

「仕方ないでしょ……それくらい好きなんだから」

　それは……あ～うん、そう言われたら俺もこれ以上は何も言えないよ。

　ただまあ残り湯を堪能したいという発言自体はちょっとアレだし、相変わらず彼女たちの愛が重たいなと思う半面、それくらい想われないと満足出来ないと考えてしまうあたり、もう俺はダメかもしれない。

　それからしばらくしてホクホク顔の藍那が戻り、亜利沙も入れ替わる形で風呂に向かった。

「……あぁ……はぁ♪」

「どうしたの？」

「ううん、全身を隼人君に包まれているような気がして……♪」

俺の目の前で藍那は全身を抱くように腕を交差させ、悩まし気な表情で吐息を零しながら体を震わせる――そしてこんな一言を漏らした。

「この体の熱だけで妊娠しちゃいそう♪」

「…………」

次の瞬間、俺は予め準備しておいた足つぼマッサージに全力で乗った。

足の裏から伝わる強烈な痛みに思わず涙を流した俺、そんな俺に向かって藍那が一気に心配そうに駆け寄る。

「ちょ、ちょっといきなり何してるの⁉」

「放せ……放せ藍那‼」

「隼人君がご乱心⁉」

色々と意識してしまいそうになっても、これのおかげで理性を保てる。

ただまあ藍那に啞然とされてしまったが必要なこと……必要なことなんだよ！

「……でもやっぱり痛い」

「そりゃそうだよね⁉　……でも足つぼかぁ……よいしょっと」

「藍那さん⁉」

俺の隣に並ぶように、物は試しみたいな勢いで藍那はぴょんと飛んだ。

彼女の綺麗な足の裏が落下する先には当然獲物を待ち受ける突起……その瞬間、藍那の悲鳴が響き渡った。

「まったくもう……何をやってるのよ二人とも」

そして、風呂から上がってきた亜利沙に呆れられるのだった。

三人揃ったところで本格的に夕飯の準備が進められ、チキンやスープなどの美味しそうな料理が並んでいく。

「美味そう……いただきます！」

「召し上がれ♪」

「いただきま～す♪」

亜利沙と藍那が作ってくれた料理……普段とは違い、クリスマスということで特別メニューだがやはり最高だ。

「いつも思うけど、本当に隼人君って美味しそうに食べてくれるわね」

「うんうん……というか姉さん？　このやり取り前もしなかった？」

「何度しても良いモノでしょ？」

「それはそう！」

二人のやり取りに俺も微笑みつつ、しっかりと料理を味わう。

そうして食べている間、俺が思うのは料理が美味しいのはもちろんのこと……それ以上にこの空間の居心地のよさが料理の美味しさを更に引き出しているんだと感じていた。

（一人で過ごすには広いリビング……二人が居てくれるだけで、こんなに温かな空間に変わるんだもんな）

これがうちではなく新条家になると咲奈さんも加わって更に賑やかになる。

そんな風に彼女たちから与えられる温もりに感謝をしていると、一際強くも優しい視線を感じた。

「……何？」

「ふふっ、何でもないわ」

「何でもないよぉ♪」

何でもないわけないよね……？

それから夕飯を食べ終え、買っておいたケーキも三人で食べた。

かなり人気のケーキ屋さんで値段は張っただけに美味しかったし、二人が喜んでくれたので大満足だ。

「……さてと」

そうして時間が過ぎ去り、俺は一人自室で彼女たちを待っていた。

俺も片付けを手伝おうとしたが洗い物は全て亜利沙が引き受けてしまったため、藍那と一緒にリビングを出たのだが、何やら藍那は準備があると言ってここには居ない。

「準備って……なんだ？」

二人が泊まるということで部屋は彼女たちのために一つ空けてある。

そちらで何か準備してこっちに来るとのことだけど……腕を組んで、う～んと唸(うな)っていると、コンコンとノックがされて藍那の声が聞こえた。

「隼人君、入っても良いかな？」

「うん。良いよ」

どうやら準備が終わったみたいだ。

果たして彼女は何を――俺の思考は、部屋に入ってきた彼女を見て止まった。

「じゃじゃ～ん！　どうかなこれ！」

「…………」

思考だけじゃない……息を吸うことすら忘れた。

だって……だって目の前に現れたのは、露出度の高いサンタのコスプレに身を包んだ藍那だったからだ。

赤を基調としたデザインなのは当然として、ただのサンタ服ではない。

よく見るサンタ服は厚着をイメージさせるが、彼女が着ているのはワンピースタイプ……胸の谷間を思いっきり露出させ、季節感を度外視したミニスカタイプ……眩しいほどに綺麗な太ももとガーターベルト……はっ⁉

「見惚れてるなぁ隼人君？」

「っ……」

「良いよ良いよ。もっと見て、じっくり見て……穴が開くくらい見て？」

「あ、藍那……」

四つん這いになりながら藍那は俺に近づいてくる。

その姿はまるで雌豹――彼女は完全に俺をロックオンし視線を逸らさない……じっくりと、ゆっくりと近づく彼女から逃げるように俺は後退した……のだが、そこで藍那がペロッと舌なめずりをするように口を開く。

「どうして逃げるの？」

「いや……その……」

俺を見つめる彼女は、先ほど一緒にドジをした彼女ではなかった。

妖艶……正にサキュバスのように、彼女はジッと俺を見つめて変な気持ちにさせてくる。

「逃げちゃう隼人君にはこんなことしちゃうよん？」

「え？」

何をするつもり——そう思った矢先に、彼女はがばっと飛び付いてきた。

藍那に押し倒されたが俺は彼女の体を支えようと手を添える……だがその手の場所がいけなかった。

ふんわりとした柔らかい感触に右手全てが包まれている。

そう、俺の右手は彼女の豊満な胸を完全に握りしめていたのだ。

「うん……えへへっ、隼人君におっぱいを揉まれるの好きだよ？」

「っ……」

「布地が薄いから分かるよね？　段々とコリコリしてくるのが——」

……本当にマズイ、これ以上はマジでヤバい。

藍那も恥ずかしいはずなのに微笑みは絶やさない……手の平の中心に伝わるアレの感触も全てが鮮明に感じ取れてしまう。

甘い香りと雰囲気に包まれ、段々と藍那の顔が俺に近づき……そして、あと少しで唇と

唇が触れるという瞬間にガチャッと扉が開いた。

「隼人君。藍那もこっちに居るわよね……あ」

「あ……」

「あ……」

俺たち三人、一瞬にして固まった。

別に浮気がバレたとかそういったマイナス要素は一切ないはずなのに、この何とも言えない空気は一体何なんだろう。

藍那に追い詰められて色々と限界だった俺の頭は急激に冷え、いつの間に強くなったのか窓の向こうで激しく降る雪がよく見える。

「藍那……あなたねぇ！」

「えっと……分かってたけどこれはやっぱりマズいかなぁ」

亜利沙はプルプルと体を震わせ、握り拳も強く作り大きな声を出した。

「私にはするなって言って、どうしてあなたがそれを着ているのよ！」

「……うん？」

えっと……亜利沙は何を言ってるんだ？

相変わらず俺は藍那の胸に手を添えたままだったが、あははと笑って藍那は頭を掻きながら俺から離れてくれた。

（ちょっと……残念に思ったり？）

手の平から離れた感触を残念に思っていると、ようやく亜利沙の言葉の意味と藍那が苦笑している意味を理解した。

「実はこれ、姉さんが用意したものなんだよ。でも流石に色々忙しいから着る機会ないんじゃないって言って止めたんだけど……でもよくよく考えたら勿体ないなって思っちゃって」

「……むぅ!!」

「てへっ♪」

「てへっじゃないのよ藍那!!」

つまり……このサンタ服を用意したのは亜利沙だったのか。

亜利沙は以前にメイド服を着てみせてくれたけど、あの時みたいに俺を喜ばせようとしてくれたのか……。

亜利沙と藍那は別に言い合いをしているわけではなかったが、亜利沙にしては珍しく小さな子供のように唇を尖らせて藍那を睨んでいる。

「あ、亜利沙……」

「……なによ」

あ、完全に拗ねていらっしゃる……。

こういう場合、どんな言葉を掛ければ良いのか分からないが……たぶん、今の俺は興奮状態から落ち着くという緩急のせいでおかしくなっていたんだろう——気付いた時にはこんなことを口にしていた。

「亜利沙がそれを着た姿も……見たいかなぁって」

言ってからハッとしたが、これがこの場における最適解だったようだ。

俺の言葉に亜利沙は、ぱあっと花が咲いたような笑みを浮かべ、藍那もそりゃそうだよねと笑って頷き、そしてまさかの提案を口にする。

「わざわざ着替えるために部屋を出るのは寒いでしょ？　あたし、ちょうど着替えも今持ってるから……どうかな姉さん——ここで着替えたら？」

「え？」

「んなっ⁉」

前半は一理あるけど後半は何を言ってるんだ藍那は⁉

着替えるってことは二人ともここで一旦裸同然になるってことだろ……？　いやいや、流石にそれは……って⁉

「そうね。ここはちょうど暖かいし……じゃあ藍那、脱いで」

「は〜い」

「っ⁉⁉⁉⁉」

俺は瞬時に目を閉じるだけでなく、両手でしっかりと塞いだ。

クスクスと笑う二人の声とともに服を脱ぐ音が聞こえ……また俺は体温が上昇するのを感じていた。

全部見てくれても良いのに……それが私の素直な感情だった。

本来であれば私が先に着て見せたかったのにこの子は……まあでも、隼人君が見たいと言ってくれた……それがとにかく嬉しくて、私の気分は最高潮だ。

「あはは、隼人君ったら可愛いなぁ。別に見ても構わないのに」

「勘弁してくれ！　ただでさえ色々ヤバいってのに！」

「う〜ん？　何がヤバいのかにゃぁ？」

藍那が言ったように、隼人君にならどれだけ見られても構わない……むしろ見てほしい……そして所有物のように命令してほしい……。

「姉さん？　どうしたの？」

「……いえ、何でもないわ」

私は小さく頭を振り、藍那が着ていたサンタ服を受け取った。

サンタ服ではあるけれど冬の時期には似つかわしくない露出の多い衣装……このフォルムは確かに隼人君に喜んでほしい欲求の現れだ。

藍那と同様に私のスタイルは優れている方だし、隼人君がいつもドキドキしてくれていることはよく分かっている……その上でこれを選んだのだから。

（……それだけじゃないわね。もう一つ理由があるのよ）

その理由は単純明快、露出が多い姿はあなたのためだけにしていると、そしてあなたの物だと明確に示せるからだ。

「隼人く～ん？　もう着替え終わったよ」

え？　まだ着替えの途中……私も藍那も普通に胸とか何も着てないけど。

「本当に……っ!?!?　藍那!!」

「あははっ♪」

隼人君は目を開けたものの、私たち二人を見てまたすぐに目を閉じた。

まったくもうこの子は……でも不思議だ……だって隼人君に肌を見られても一切恥ずか

しくないし、やっぱりもっともっと見てほしいって思うくらいだもの。

「……隼人君、可愛いわ♪」

顔を真っ赤にして照れてる隼人君を可愛いと思いながらも、これ以上困らせるのは彼に悪いので私たちはすぐに着替えを終えた。

「もう大丈夫よ、隼人君」

そうは言ったものの、隼人君は警戒しながら目を開けた。

ちゃんと服を着ている私たちを見て安心した隼人君だけれど、私を見て目の色を変えて見つめてきた。

（あぁ……隼人君が見ているわ♪　私のことをジッと見てる♪）

確かに燻(くすぶ)る情欲をその瞳に宿し、私を見つめる彼は本当に素敵だ。

藍那が羨ましそうに私を見ているけれど、あなたはさっきまでこれを着ていたし何より隼人君と抱き合ってたじゃない自重しなさい！

「ま、ここは姉さんに譲ろうかなぁ。ということであたしはちょっとお手洗い～」

藍那が部屋を出ていき、僅かな間だけれど隼人君と二人っきりだ。

私はそっと隼人君の隣に座り、彼の腕を抱くようにして密着する……こうすると彼を間近で感じることが出来るし私を感じてくれる……本当に大好きな瞬間だ。

「亜利沙」

「なに？」

「凄く可愛いよ……似合ってる」

「……ええ、ありがとう♪」

恥ずかしがりながらもちゃんと言葉にして伝えてくれるところが私は好きだ。

隼人君を見つめていると体が熱くなるのもいつも通り……藍那もそうだけれど、私も隼人君ともっと色んなことがしたい。

（それこそエッチなことだって……隼人君が相手なら私は――）

何をしろと言われても、それこそ命令されても私は従いたい。

むしろしたい……この体に隼人君の物だという証を刻み込んでもらいたい……だからこそ、私は隼人君に蹂躙されることを願っているのよ？

彼に全てを支配されたい……そんな願いがあまりにも強すぎて、私はこんなお願いを口にした。

「隼人君……どうかこのリボンで手首を縛ってくれない？」

「……え？」

私の提案に隼人君は驚いていたが、すぐに縛ってくれた。

手渡した赤いリボンで私の両手を繋ぐように縛ってくれたので、これで私は自由に動くことが出来なくなった……そして、私はこう言った。

「プレゼントは私よ、隼人君……♪」

「っ……亜利沙」

私の言葉に顔を赤くした隼人君を見た時、何かのスイッチが入った。

（……よし、行くのよ亜利沙！　藍那はさっきやっていたし！）

心の中で意気込み、私は勢いに任せるようにドンと隼人君に体をぶつけた。

彼は気を抜いていたらしく抵抗らしき抵抗をせずに倒れ込み、私はその上に覆い被さるような体勢に。

「あ、亜利沙？」

「……藍那としてたでしょ？　これくらい良いじゃない」

重たいかしら……そんな不安を抱いたけれど、私は隼人君に私の全てを感じてほしくて全体重を掛けた。

至近距離で隼人君と見つめ合い、触れるだけのキスを交わす。

さっき思ったけど本当に彼とはもっと色んなことがしたい……けれど、私は一度のキスで満足してしまった……それだけで心が満たされたのだ。

「ところで隼人君、私たち……こっちで寝てはダメ？」

「こっちに布団を用意するってこと？」

私は頷いた。

ちゃんと別の部屋を用意してくれたのは嬉しかった……でも、せっかく初めてのお泊まりなんだから隼人君の部屋で一緒に眠りたかった。

隼人君はどうしようかとしばらく悩んだ後、観念したように分かったと了承してくれて、私は嬉しくて隼人君の頭を胸元に抱きかかえた。

「ただいま〜……って姉さん抜け目なさすぎじゃない？」

「あなたと同じことをしただけよ。藍那、今日はこっちで寝るわよ。隼人君が許可をくれたわ」

「え？　別に聞かなくても最初からそのつもりだったよ？」

「……そう」

……時々、藍那を見ていると勉強になるというか見習いたい部分がある。

私ももう少し、藍那みたいに我儘（わがまま）になっても良いのかしら？　もちろん隼人君に迷惑を掛けない範囲なのはもちろんだけれど、もっと押しても良いかもしれない……もっと我を出しても良いかもしれないわね!!

「……ふわぁ」

その時、隼人君が大きく欠伸（あくび）をした。

彼を見るととても眠たそうにしていたので、私は藍那と頷き合って今日はもう眠ることにした。

夜はこれからなのに……でも、これはこれで良かったかもしれない。

今日は初めて私たちが隼人君の家に泊まる日……彼が緊張で眠れないよりも、こうして眠くなってくれた方が良いだろうから。

「寝ちゃったね？」

「えぇ……ねえ藍那、楽しかったわね？」

「うん。本当に楽しかった……えへへっ、こんなの経験したら絶対にこの日々を手放せないよ」

その言葉に強く頷く。

ねえ隼人君、もうすぐ冬休みがやってくるわ。

前にあなたに宣言したように、私と藍那はあなたに退屈を絶対に感じさせない……私たちの愛であなたを包んで、退屈のない情熱的な冬休みを提供するわ。

だからどうか、楽しんでちょうだいね？

「さあ藍那、私たちも寝ましょう」

「りょうか〜い♪」

……とはいえ、寝る前にちょっと拝むとしましょうか。

上体を起こした私はベッドで眠る隼人君の顔を見つめる……藍那も一緒に彼の寝顔を見つめ……時間にして十分ほど眺めた後、私たちもようやく眠りに就いた。

こうして、私と藍那が初めて男の子と過ごすクリスマスの夜は更けていった。

二、学校の終わりと過去の足音

二学期最後を締め括る終業式の日——俺は久しぶりにあの光景を見た。

終礼も終えて颯太と魁人を連れて廊下を歩いていた時、隣のクラスの入り口で藍那に詰め寄る先輩男子の姿があった。

「なあ新条さん、頼むよ」

「興味ないんですよね～」

そこそこイケメンの先輩が藍那に声を掛けており、藍那はそれを心底面倒そうに対応している……ちょっと面白くない光景だ。

まだ告白とかそういう目的なのかは分からないけれど、あの藍那が意味もなくあんな顔をするとは思えないので、その時点で俺は告白か遊びの誘いなんだろうなと確信した。

「やっぱ新条さんってモテるんだなぁ」

「あれだけ美人なら仕方ねえだろ。まあでも、嫌がってるみたいだしこんな場所でしつこくしなけりゃ良いのにな」

どうやら二人も俺と同じことを思ったみたいだ。

チラッと教室の中を見たが亜利沙(ありさ)はちょうど居ないようだ……それならと、俺は藍那のもとに向かう。

「お、助けるのか？」

「良いじゃん。お供するぜ兄弟(きょうだい)」

兄弟ってなんだよ兄弟って……でも、ちょっと意外だ。

颯太にしろ魁人にしろ、俺と彼女たちの間に何かしらの繋がりがあることは一切知らないので、こうして藍那のもとに向かうことを変に思うはず……だというのに二人は堂々と俺の横を歩いている。

仮に二人が居なくても知らんぷりするなんてことはあり得なかったが、二人が居てくれればそれだけあの先輩には圧になるだろう。

「あい……新条さん」

藍那と呼びそうになってすぐに言い換えた。

突然現れた俺たちに先輩は分かりやすく鬱陶しそうな表情をしたが、藍那は俺を見て花が咲いたような笑みを浮かべ——そしてどうやら、名字呼びから俺の意図を察してくれたようだ。

「やっと来たね堂本君たち。ということで先輩、先約があるのでお引き取りください」

「え？　だって用事はないって……」

「先輩との用事がないだけです。彼らとの用事はありますけどね？」

「……くっ」

先輩はキッと俺たちを睨みつけ、悔しそうに小走りで姿を消した。

あの先輩が居なくなったことで藍那はふぅっと息を吐き、クラスメイトたちも清々したような顔をしている。

そんな顔をするくらいなら藍那を助けてやってくれよと思うのは……俺の我儘かな？

まあなんにせよ、無事に助けられて良かった。

「ふふっ、ごめんね三人とも。即興ではあったけど、君たちと用があるってことにしちゃった♪」

「い、いえいえ！　全然構わんとです！」

「新条さんを助けるためだったからさ！」

こいつらめ……藍那はクスクスと二人を見て笑った後、俺を見つめてこう言った。

「でも二人の前に堂本君が居たのを見るに……堂本君から助けてくれたのかな？　だとし

たらありがと♪」

「あ〜……まあそんな感じではあるな」

というか藍那……このやり取りを心から楽しんでいる風だ。

一応今日も彼女たちの家にお邪魔することになっているので、合流するのは夕方からだ。

「隼人、そろそろ行こうぜ」

「遊ぶ時間がなくなっちまう」

「分かった。それじゃあ新条さん、俺たちは行くよ」

「またね？　助けてくれてありがと♪」

颯太と魁人が少し離れた隙を見計らったかのように、藍那がそっと顔を寄せてきた。

「やっぱり隼人君はかっこいいね♪」

「……そう言ってくれると嬉しいよ。隠している関係とはいえ、藍那に言い寄る男を見たらジッとしていられなかったから」

「っ〜〜♪♪　今日家に来たら思いっきり甘えさせてね？　その代わり、あたしにもたくさん甘えて♡」

そんな魅力的なお願いと提案を聞いてから俺は二人の跡を追った。

下駄箱で合流した後、これからどこに行こうかと話をする中で話題は当然藍那のことになった。

「それにしても二人とも、よく付いてきてくれたな？」

「まあな。お前のことだし、きっと新条さんを助けたいんだと思ったんだ」

「そうそう。お人好しっつうか、隼人は優しい奴だからな！」

……そうか、ありがとうな二人とも。

颯太も魁人も俺が実際に言葉にしなくても考えていることが分かったのか、二人して笑いながら肩を組んできた。

「ええい引っ付くな！」

「良いじゃねえかよぉ」

「照れんなっての」

照れてねえし、暑苦しいんだっての！

離れても相も変わらずニヤニヤし続ける二人をめんどくさい奴認定しながらも、その後の時間を俺たちは楽しみ……そして別れ際のことだ。

魁人がトイレに行って颯太と二人になった時、颯太がこんなことを口にした。

「困っている人を見たら助けに行く……なんつうか、隼人が声を掛けてくれた時のことを思い出したわ」

「どうしたよいきなり」

ジュースを飲みながら颯太に目を向けると、彼は空を見上げながら言葉を続ける。

「最初の頃、クラスに馴染めてなかった俺に声を掛けてくれたのが隼人だった。あれも助けてくれたのと同じだろ？　マジで嬉しかったわ」

そういえばそんなことがあったなと思い出す。

入学式からしばらく経った頃、クラスに馴染めてなかった颯太に俺は声を掛けたんだが……そこから俺たちの友人関係は始まった。

「颯太もそうだったけど、魁人も魁人で馴染めてなかったしな」

「そうそう。オタクの俺と違ってあいつは見るからに不良だったからな！」

颯太同様に魁人もクラスに馴染めてなくて……それで気になって声を掛けたんだ。

あの時はまさかこんな風に二人と仲良くなるとは思っていなかったけど、今になって考えたらあの時の俺の行動は何も間違っていなかった……だって、こんなにも大切に思える親友になれたんだから。

「……ははっ」

「……へへっ」

ちょっとこそばゆいが嫌な感覚ではなかった。

トイレから戻ってきた魁人が何があったのか聞いてきたので、どんな話をしていたのか細かく伝えると胸を押さえて蹲(うずくま)った。

「やめろ……あの時の一匹狼(いっぴきおおかみ)を気取っていた俺は死んだんだ！」

「そういえば魁人さ。俺に近づくな怪我(けが)するぞとか言ってたっけ？」

「やめろおおおおおおおおっ!!」

黒歴史を掘り起こされた魁人は周りの目も気にせずに大声を上げた。

俺と颯太は悪いと思いつつも仲が良いからこそなので、何ならもっとこれをネタに話を広げてやっても良いと思ったり思わなかったり……ま、やめておくか。

「あ、そういやさ」

「うん？」

「隼人って新条さん……この場合は妹の方か。知り合いだったりするのか？」

「……いきなりどうした？」

どうしていきなりそんなことを聞くのかと颯太に視線を向けると、彼はう～んと腕を組みながら言葉を続けた。

「何となくそんな気がしたっつうか……ほら、あの新条さんがあんな風に男子と話をするのも珍しいし？　まあ他クラスだから勝手な思い込みだけど……今まで何の絡みもなかったにしては隼人も新条さんも親しそうな感じだったし」

「…………」

なるほど、確かにそういう見方も出来るのか。

話の内容的に顔見知り程度と感じたようだけれど……颯太って意外と観察眼があるというか、よく見ているんだなと驚く。

「ま、そう思っただけだし気にすんな。隼人も俺や魁人と同じ非モテ同盟の一員だからなぁ！　そんなまさかがあるわけないか！」

「おい。俺はそんな同盟に入った覚えはないぞ」

「俺だってないぞ！」

なんだよ非モテ同盟って初耳だぞ……。

良いじゃねえかとケラケラ笑う颯太に俺だけでなく、魁人も心外だと言わんばかりの顔を向けていた――その時だ。

「あれ？　もしかして堂本君？」

背後から懐かしい声音で名前を呼ばれた。

「……え？」

驚くように振り返ると、そこには数人の女子が立っており……特に先頭に立つ女子に関しては俺の記憶を刺激する存在――そう、以前にも見かけた元カノだった。

「……佐伯（さえき）」

佐伯愛華（あいか）……まさかこうして直接顔を合わせることになるとは思っておらず、既に気にしていないとはいえ少し動揺した。

「誰……？」

「あ、この間見た他校の……」

彼女が俺の名前を呼んだことで颯太たちも気になったみたいだが……さて、どう説明したら良いんだろうなこういう場合。

元カノだった……とか言ったらさっきの会話もあるし、颯太にどんな風にからかわれるか……なんてことを考えていたら、クスッと笑って佐伯がこう言った。

「実は私たち、中学生の時に付き合ってたの。そうだよね？」

「……はっ？」

「なぁにぃ!?」

ギロリと親友二人の視線が俺を射抜く。

特に反論をしない俺を見て颯太と魁人がガシッと肩を組んできた……藍那を前にした時は緊張していたくせに、彼女が居たと分かったらこれかよお前ら！

「いや、確かにそうだけど俺たちは全然何日も続かなくてだな……」

「だとしても彼女が居たってことは事実だろ！」

「裏切者がよお！　この！　このこの！」

組んでいた腕を放したかと思えば、バシバシと背中を叩いてくる二人。

俺はいい加減に鬱陶しいなと声を上げようとしたが……佐伯がまるで昔を思い出すかのようにこう言った。

「堂本君の言う通り全然続かなかったんだよ。たぶん私たちって相性がそこまでよくなかったのかなぁって……そこまで楽しくなかったもんね？」

佐伯の言葉はすんなりと俺の鼓膜を震わせた。

ただ……この場合はどんな風に返事をすればいいのだろうか——楽しくなかったと直接言われたのは少しショックだが、確かに彼女の言う通り俺も思っていたのと違うなって考えたのは確かだった。

俺たちは確かに付き合ってはいたが、お互いにこういうことを考えていたのだとしたら長続きしなかったのも無理はない……むしろ、後腐れなくすぐに別れて良かったのかもしれないな。

「隼人……」

「……えっと」

思いっきり俺に対してちょっかいを掛けていた颯太と魁人も、この微妙な空気にしどろもどろだ。

まあでも確かにこうなるかなと俺は苦笑した。

佐伯の後ろに控えている友人たちも気まずそうにしているし……う〜ん、これはどうしようかと考えていると佐伯が言葉を続けた。

「でも……本当に久しぶりだね。そこまで長く付き合ったわけじゃないけれど、元カレに会うのは不思議な気分だよ」

「あはは……確かにそれはあるな。俺も不思議な気分だ」

もしも今……俺に彼女が居ると知ったら佐伯はどんな顔をするかな？

どんな人なのと聞いてくるのか、それとも特に興味はないのか……まあどうでもいいことか。

不意な出会いだったけれど、これはあくまで偶然が呼んだ出会いに過ぎない。

俺も佐伯もこれ以上話すことはないので、どちらからともなく別れを告げた。

「それじゃあね」

「おう。元気でな」

「うん」

ヒラヒラと手を振って佐伯は友人たちと去っていった。

その背中が見えなくなるまで眺めていると、また颯太と魁人がガシッと肩を組んできた。

「なんだよ。またちょっかいか?」

そう問いかけると、二人は頭を振ってこう言った。

「ちげえよ……その、やっぱり出会いがあれば別れがあるんだなと思ってさ」

「そうそう……別れを経験したんだなぁ隼人は」

「おい、そんな顔をするんじゃない」

心から心配してくれているのは分かるけど、そんな風に元カノのことで憐れむような顔はやめろ!

もしも俺と佐伯の間で惚気話が展開されていたら二人の受け取り方は変わっただろうけど……まあでも、悪い出会いではなかったな。

(取り敢えず……罵倒っていうか、悪く思われてないのなら良かった。お互いに楽しくなかったねって言われたのはちょっとショックだったけど)

これればかりは仕方ないなと思い、俺は二人から勢いよく離れた。

「さてと! それじゃあ帰るぞ!」

「おう！」

「うっす！」

とはいえやっぱり彼女が居て別れたという経験は悲しいものだと二人は考えているようで、別れるまでずっと俺は彼らに心配されてしまった。

確かに悲しいというか寂しいものではあったけれど、こんな風に心配されるほど今は気にしてないのは確かだし、そもそも今の俺には愛する存在が居る……だから本当に俺は大丈夫だ。

「こういうことがあると彼女作るの怖いよな」

「まあ気が合わなかったら仕方ないと思うけど……初めての彼女とかだと数日間は落ち込む気がするわ俺」

ヤバい、あんなに彼女が欲しいと言っていた二人が恋愛に対して怖がっているぞ。

初めて出来た彼女と一生を添い遂げるなんてことは稀だろうし、あるとしても本当に低い確率だろう。

出会いがあれば別れもある……この言葉に偽りはない。

何故か二人の方が気分を沈ませることになったものの、別れる頃にはいつも通りの彼らに戻っていた。

「じゃあまたな！」

「冬休み中も遊ぼうぜ！　連絡取り合って時間を作ろう」

「あいよ～」

二人に手を振って別れ、俺はそのまま新条家へと向かう。

傍に誰も居ないからこそ、必然的にさっきのやり取りを俺は思い返していた。

「……マジで久しぶりだったな。俺からすれば前にチラッと見たけど」

あの時にも思ったけど、お互いに中学生から高校生になったんだなと少しだけ感慨深かった。

まあ何年も経っているわけではないので見た目にそこまでの変化はないが、それでも少しずつとはいえ俺もそうだが彼女も大人に近づいている。改めて話をした彼女は可愛かった。

「……付き合ったきっかけは本当に偶然だったなぁ」

友達と話をしていた時、誰が可愛いと思う？　そんな話題になった。

そこで俺は特に付き合いたいとかそういうのがあったわけでもなく、個人的に可愛いと思っていた女子として佐伯の名前を口にした。

それが何故か巡り巡って佐伯の耳に届き、それがきっかけでよく話をするようになって……流れで付き合うことになったんだ。

『堂本君！　一緒に帰ろ！』

……付き合いたての頃は本当に浮かれてたと思う。

聞けば佐伯も俺が初めて出来た彼氏だったらしく、その面でも話は大きく弾むことに

……ただ、それでもちょっと違うなとお互いに考えるようになったんだろう。

そもそもが突発的な付き合いだったのもあるし、あまりにも恋愛に夢を見すぎた結果、現実を知ったってのもあったのかもな。

「…………」

何度だって言う……俺は何も引き摺ってはいない。

けれど佐伯との再会は少しだけ俺をセンチメンタルな気分にさせたらしく、無性にこの気持ちを亜利沙と藍那に癒やしてもらいたくなったんだ。

「……楽しくなかった……かぁ」

いや、ちょっと引き摺ってるかもしれない。

亜利沙と藍那は俺とのことをそんな風に思ってないだろうか、つまらないと思ってないだろうか……なんて、彼女たちの気持ちを否定してしまう考えをしてしまったことに俺は自分を叱責する。

「何考えてんだ堂本隼人……そんなことを考えるならこれからのことに目を向けろよな!!」

そう口にして俺は走り出した。

冷たい風が吹き抜け、雪も少しだけ降る道を駆け抜ける――はぁはぁと息が上がるが足を止めることはなく、程なくして俺は新条家へと着いた。

インターホンを鳴らしてすぐ、中からバタバタと足音が聞こえて玄関が開き藍那が顔を見せた。

「おかえり隼人君♪」

「ただいま藍那……あれ？」

藍那から視線を外し、俺は亜利沙の靴がないことに気付いた。

咲奈(さきな)さんの靴がないのは仕事だとして……どうしたんだと思っていると、藍那があぁっと気付いて教えてくれた。

「今日、お母さんの帰りが早かったんだよ。それで姉さんと一緒に買い物に行ってるの」

「そうだったのか」

「だからそれまではあたしと二人きりだよ♪」

「そうか……ならちょっと二人の時間を楽しもうかな」

そう言うと藍那は大きく頷いて俺の手を握りしめた。

そのまま彼女に連れられるようにリビングに向かう――亜利沙も咲奈さんも居ないとなるといつも以上に広く感じる。

ジュースを用意するからと冷蔵庫に向かう藍那の背中を見つめていると、ふとさっきのことを思い出す……そして同時に、走ってまで彼女たちに会いたかったことも思い出した。

「藍那」

「え？」

背中から彼女に抱き着き、お腹に腕を回すようにして固定する。

冬とはいえ走れば汗もかく……臭いかな、汚いかなと思いつつも藍那から離れることが出来なかった。

「何かあったの？」

「……あったと言えばあったかな。ただ、そこまで引き摺るようなことじゃない」

「そっか。ねえ隼人君、冷たいものを飲んでまずは喉を潤そうよ」

「そうだな……ありがとう」

彼女の言葉に従うように俺は離れ、ジュースの注がれたコップを受け取った。

熱くなった体には心地よく、同時に喉を潤してくれてとても気分が良い。

「ぷはぁっ！」

「良い飲みっぷりだねぇ♪」

一気飲みをした後にコップを置くと、藍那が腕を広げて俺を待っていた。

「それじゃあ隼人君。たくさんあたしに甘えよっか！」

藍那にそう言われ、俺は頷くよりも早く彼女のもとに向かった。

待っていましたと言わんばかりに広げられた腕、そして藍那の胸に飛び込むとずっと浸っていたいとさえ思わせる感触が俺を包み込む。

「これがずっと続くのか、この冬休みは」

「そうだよ。あたしと姉さんだけじゃなくて母さんも居るんだから……ふふっ、予告したように絶対に退屈なんてさせないよ。隼人君を寂しい気持ちになんてさせない」

「っ……そんな風に言ってくれなくても大丈夫だっての」

「言っちゃうよぉ♪　あぁでも、一つだけあたしたちもお願いして良いかな？」

「なんだって聞くわ！」

「なんでも⁉」

「……藍那もそのネタ知ってるんだね」

ネットで少しばかり流行(はや)ったやり取りだけど藍那も知ってるんだ……。

まあそれは置いておくとして、こんな風に言われて気の利いた言葉の一つでも返すのが彼氏ってもんだ。

だからこそ、俺は藍那の髪を撫でながらこう続けた。

「俺だって同じだよ――藍那が寂しいって言ったらすぐに駆け付ける。だからいつでも呼んでくれ」

「あ……うん♪　大好き隼人君♪」

これはもちろん亜利沙にも伝えるつもりだ。

でも……亜利沙と藍那がこんな風に俺のことを考えてくれるのと同じで、俺も彼女たちのことを考えているのは当たり前のことだ。

二人に対してこう考える時、俺はもう一人のことも考える――咲奈さんだ。

「咲奈さんにも何かしてあげたいところではあるな。あの人にもたくさん助けられてるし、何より藍那たちのお母さんなんだ。俺にとっても、もう大切な存在だから」

その気になったらいつでもお母さんと呼んでほしい、そんな風に言ってくれるほどに咲奈さんにも気に掛けてもらっている……そうなると、別に義務感でも何でもなく彼女にも何かしてあげたいって思うのは当然だろ？

そんな風に咲奈さんのことを考えていた時だった――藍那がボーッとしたように俺を見

つめている。

「どうしたの？」

「……キュンってしたの。今の真剣な表情好き」

「えっと……」

そんなに真剣な表情をしてたかな？

ジッと見つめてくる藍那だが、意識しているかどうかは分からないが俺の太ももの辺りに手を置いて撫でている……表情と相まって少しばかり艶かしい雰囲気を感じなくもない。

(あ……そういえばこっちの家には足つぼ置いてねえわ)

いやそんなの当たり前だろうと、俺は心の中で盛大にツッコミを入れた。

チラッと時計を見れば五時半になろうというところ……まだ亜利沙と咲奈さんは帰ってこないし、俺と藍那を包み込む空気がちょっと危ない。

「緊張してるの？」

「……うす」

「あはは、可愛いなぁ隼人君は♪」

藍那は更に笑みを深め、そのまま俺に顔を近づけた。

チュッと触れるだけのキスをしたかと思えば、俺の胸に顔を押し付けるようにして彼女はジッと動かなくなり、小さな声で囁いた。

「隼人君はただ与えられるだけじゃなく、自分も何かを返したいって思ってくれてるんだよね」

「それは……そうだな」

以前にもこんな話をしたなと懐かしい気持ちになったが、この考えに変化はない。

顔を上げた藍那は先ほどまでの艶かしい雰囲気を抑え、真剣でありながらどこまでも優しい眼差しでこう続けた。

「そんな隼人君だからこそあたしたちはもっと好きになるんだよ。どこまでも際限なく好きになっちゃうから覚悟してよね？　あたしも姉さんも……それこそ母さんだってずっと隼人君に伝え続けるから——隼人君と出会えて良かったって」

「藍那……あぁ、ありがとう。俺だって同じ気持ちだよ」

なんというか……本当に一切気にする必要なんてなかったな。

相も変わらず佐伯に言われた言葉は頭に残り続けているけれど、やはり自分にとって優先するべき存在が居るのなら、それしか気にしなくて良いんだ。

「それにしても亜利沙と咲奈さん遅いな？」

「うん……何もないと良いけど——」

不安そうに藍那がそう呟いた時、俺は反射的に藍那から離れていた。

それは彼女と寄り添っているのが嫌になったというわけではなく、単純に不安になったせいでジッとしていられなかったためだ。

「……って、俺の考えすぎかな？」

「あはは、そうだねって言いたいところだけど……あたしたちの出会い方があんなことだったせいで一度不安に思っちゃうとダメだねこれ」

あんな強盗に襲われるようなこと……強姦も同じことだがそんな悲劇が彼女たちにそう何度も降りかかってたまるものか。

けれどそのような出来事があったからこそ不安もひとしおだし、俺も藍那も帰りの遅い亜利沙と咲奈さんを心配してしまうんだ。

「さてさて、少しばかり心配になった俺と藍那だけど……どうするお嬢様」

「う～ん、どうしようかなナイト様」

ナイト様はやめて一番俺に似合わない称号だから。

取り敢えずジッとしていられなかったので俺と藍那はまずは連絡を取ることにした……のだが、ちょうど買い物袋を手にした亜利沙と咲奈さんが帰ってきた。

「あ……」

「もう遅いよ二人とも！」

藍那が少し強い口調で言うと亜利沙が苦笑しながら謝った。

「ごめんなさい。年末年始は慌ただしくなるでしょうし、色々と買い込んだせいで遅くなったのよ」

あぁ確かにそれなら遅くなったのも納得だ。

俺の方も色々と買い込んでおかないといけない時期ではあるが、一人なので急いでする必要はない……よな？　何なら明日にでも買い物に行って済ませてしまうか。

取り敢えず俺と藍那が抱いた不安は杞憂に終わり小さく息を吐く。

「心配してくれたのね。可愛い妹だわ」

「当たり前でしょ？　姉さんって時々抜けてるところあるもん」

「抜けてるは余計よ」

じゃれ合いながらリビングに向かった二人を眺めていると、傍に居た咲奈さんが口元に手を当てて微笑みながら呟いた。

「実は少し遅くなることが分かった時に、亜利沙が言ったんですよ。ああいうことがあったわけですし、もしかしたら心配をさせてしまうかもと」

「そうだったんですね。その言葉通りになりましたけど」

「はい。藍那だけじゃなく、隼人君にも心配をさせてしまったみたいですし」

そりゃあ心配するでしょうよと、そんな顔を俺はしていたんだろう。

咲奈さんは本当の母のように慈愛に満ちた表情で俺の頭を撫でてきた。

「大丈夫ですよ。別に軽々しくあの出来事を語るつもりはありませんが、娘たちのことは私がしっかり守ります──母として」

そう言った咲奈さんはとてもかっこいい大人の女性に見えたが、俺は自然とそんな咲奈さんの言葉に被せるようにこう言っていた。

「そう言う咲奈さんは凄くかっこいいです。でも、咲奈さんに何かあったらみんな悲しむってことは分かってますよね？　俺だって同じです──咲奈さん、あなたに何かあるなんてことは絶対に嫌です」

「……隼人君」

俺にとって亜利沙と藍那が大切な存在だというのは確かだけど、彼女たちの母親でもある咲奈さんも同様だ。

「実はさっき藍那と咲奈さんのことを話してたんです。咲奈さんも俺にとってはもう大切な存在ですから──守りたい存在っていうのは同じなんですよ」

「……っ」

目を見つめながらそう言うと咲奈さんは照れたように下を向いた。

この人は俺より遥かに年上ではあるけれど、見た目の若々しさとこの反応も相まって本当に可愛らしい人だと思う。

（咲奈さんの亡くなった旦那さん……きっとこの人が可愛くて仕方なかったんじゃないかな。それこそ、俺が亜利沙と藍那を可愛く思うのと同じでさ）

それに……こう言ったら気持ち悪いと思われるかもしれないけれど、過ごし方一つの違いで咲奈さんに惹かれていた未来もあった……のかな？

「隼人君は……かっこいいですね」

「ただ普通にそう思っただけですよ。むしろ、咲奈さんからしたらガキの俺にそう思われても頼りにならないかもしれませんが――」

「そんなことはありません！」

咲奈さんがサッと顔を上げた。

ギュッと強く手を握られるだけでなく、至近距離で見つめてきたので一歩、二歩と下がった……しかし、後ろに下がれば下がるほど咲奈さんは距離を詰めてくる。

「さ、咲奈さん？」

思わず咲奈さんの肩に手を置いてしまった。

咲奈さんはそこでようやく足を止めてくれたのだが、えいっと可愛く声を上げて俺に抱き着いた。

しばらく頬(ほお)を俺の胸に当てていた咲奈さんは顔を上げ、母性を感じさせる朗らかで柔らかい微笑みを浮かべた。

「頼りにならないなんてことはありませんよ。亜利沙と藍那があなたのことを深く信頼しているのはもちろんですが、一緒に過ごす中で私も隼人君のことはとても頼りにしているんですからね」

咲奈さんはツンツンと俺の頬を突(つつ)いた後、俺の頭を抱きかかえるようにその豊満な胸元に引き寄せた。

ふんわりとした感触に顔全体が包まれた時、やはり俺に訪れたのは恥ずかしさよりも安心感だった……落ち着くこの感覚が心地よくてたまらない。

「これがバブみってやつか……」

「バブみ……？　ふふっ、隼人君は赤ちゃんになりたいんですか？」

……咲奈さんみたいな人からそういう提案を冗談でもされると……その、大変危ない感じになってしまうんですが。

それからしばらくして咲奈さんは俺を放してくれた。

さっきまでの恥ずかしそうな姿は鳴りを潜め、完全に母親の顔になった咲奈さんを見ていると何か既視感があった。

「……あ」

その既視感は何か、それは咲奈さんが二人と似ているからだ。

亜利沙と藍那に似ている……彼女たちの母親だからこそそれは当たり前なんだけど、俺が感じたのは見た目ではなくその在り方だ。

(シャキッとしている部分は亜利沙、甘く蕩けさせようとしてくるのは藍那……何となくそんな気がするな)

亜利沙と藍那のハイブリッドみたいな感じかな？

それと合わせて咲奈さん自身が持つ包容力と大人の余裕が合わさって……うん、この人は最強かもしれない。

「ちょっと二人とも、いつまでそこに居るの？」

「そうだよ～！　ってお母さんなに隼人君を誘惑してるの!!」

二人に呼ばれ、俺と咲奈さんは互いに顔を見合わせて苦笑した。

彼女たちのもとに向かおうとしたその時、トントンと咲奈さんが俺の肩を叩く。

「どうしました？」

「これから冬休みに入りますけど、私も娘たちもいつだって隼人君のことを待っていますから、こっちに来たくなったらいつでも来てください。まあ娘たちがそっちに行くことも増えるでしょうが」

それはあまりにもありがたい提案だった。

流石（さすが）にこっちに来る時は事前に連絡をするけど、この言い方だと突発的に会いたくなったら連絡もしなくて来て良いってこと……なのかな？

「ありがとうございます、本当に」

「ふふっ、いえいえ♪」

本当に愛らしく笑う人だ——咲奈さんを見て、俺はそう思った。

「お母さんとどんな話をしてたの？」

入浴も夕飯も済ませた後、あたしは隼人君にそう聞いた。

別に秘密の会話をしていたわけでもないらしく、隼人君は特に言い淀（よど）んだりすることなく教えてくれた。

「さっき藍那と話したことを伝えたんだよ。亜利沙と咲奈さんが心配になったことと、それくらいに咲奈さんのことも大事だって思ってること。咲奈さんが俺のことを頼りにしてるって言ってくれたこと……後はまあ、良いのか悪いのか分からないけどこっちの家に来たくなったらいつでも来て良いんだってさ」

「良いに決まってるじゃん」

「即答だな……」

当たり前だよ！　連絡をしてくれたら応じるのは当然だし、あたしたちに会いたくなって突然来たって大歓迎！

まあ留守にしてたら申し訳ないけれど、あたしたち二人が家を空けるってことはそうないはず……お母さんも早めの仕事納めだったみたいだし、隼人君がうちに来て残念な思いをすることはないと思う。

「だからいつでも来てよ。逆に呼んでくれても良いんだからね？」

「うん。ありがとう藍那」

……きゅん。

あたしは胸に感じるドキドキに心地よさを感じつつ、隼人君の腕を抱くように身を寄せた。

「こうしてて良い？」

「もちろんだ。でもあれだな……藍那も亜利沙もこうするのが好きだよな」

「そうだねぇ……こればかりは彼氏が出来てみないと分からないことだけど、こんな風に抱き着くのは好きだよ。姉さんもきっと同じ……というか、好きだからこうするんだと思うよ？」

抱き着くのは大好きだ。

もちろん心を許した相手に限定されるけれど、こうしているだけで心がポカポカして幸せな気分になれる。

「隼人君も嬉しいし好きでしょ？　ほら、こんな風におっぱいを押し当てられてさ」

「っ……まあ、はい」

「えへへ♪」

姉さんよりも僅かに大きい胸を押し付けると、分かりやすく隼人君は顔を赤くしてそっぽを向いた。

今更そんな風に視線を逸らさなくても良いのになぁ。

あたしたちはもう付き合ってるんだからこれ以上のことだってしても良いのに……あ～あ……隼人君とエッチしたいなぁ……隼人君の子供を孕みたいなぁ。

足をモジモジと動かしながらジッと隼人君を見つめ続ける……隼人君は喉が渇いたと言

って立ち上がって部屋を出ていった。

「……ふふっ、可愛(かわい)いなぁ本当に」

果たして本当に喉が渇いたのか、それとも恥ずかしかったのか……どちらにせよ隼人君はかっこいいし可愛いしであたしはもうメロメロだ。

「……こう言ったら不謹慎かもしれないけど、姉さんやお母さんを心配する隼人君はかっこよかったなぁ」

夕方、あたしがつい心配になって二人は大丈夫かと口にした時だ。

自分で口にして心配になってたら世話ないけど、隼人君はすぐに目の色を変えてあたし以上に姉さんとお母さんを心配していた——その姿にあたしは見惚(みと)れ、その優しさを遺憾なく発揮しようとする隼人君にキュンとしたんだ。

「参ったなぁ……最近隼人君のことばかり考えてるよ。その度に体が熱くなって、こんなにも隼人君が欲しくなっちゃうもん」

それぞれの手が胸と腰の方に伸びそうになり、あたしはハッとするように我に返ってプルプルと首を振った。

隼人君はまだかなぁ？　姉さんもまだなのかなぁ？　そんなことを考えながら気分を落ち着かせると、あたしは一つだけ気になることを思い出す。

「隼人君のあの様子……あたしの見間違いなのかな？」

うちに来た時の隼人君がどこか浮かない表情をしているように見えた。

結局それも一瞬だったし、それからずっと一緒だけど隼人君は一切そのような表情を見せることはなかった……でも、やっぱり気になっちゃったんだよね。

「……どっちにしろ、あたしのすることは変わらないよね。宣言したように、隼人君と一緒にこの冬休みを楽しく過ごすだけだ」

それがあたしの……あたしたちの願いだから。

そんな風に真剣に考えつつも、これから隼人君と前の時と同じように一緒の夜を過ごせると思うと、脳内が桃色の想像に染まっていく。

「……でも、流石に遅いな。これはあたしを差し置いて仲良くリビングでお話をしているとみた！」

そうと予想したらあたしも出向かなくては！

暖房のきいた部屋から廊下に出ると寒いけれど、家の中なので我慢出来ないほどでもない。

ただリビングに向かう途中、あたしは何故かお風呂場の方に目を向けた。

もうみんな入ったし使っている人は居ないはず……あ、お母さんが洗濯しているのかな？

「…………」

ゆっくりと足音を立てずに近づくと電気が点いていた。

リビングが近いので、思った通り隼人君と姉さんの会話が聞こえたけど、あたしはそっちを気にすることなくお風呂場の方へ……。

「……お母さん？」

「ひゃあああっ⁉⁉」

脱衣所に居たのはお母さんだった。

声を掛けると今まで聞いたことがないほどの驚いた声を上げた。あたしや姉さんよりも大きな胸をぶるんと揺らして振り返ったお母さんは顔を真っ赤にしながら、洗濯物を手にして固まっていた。

「そんなに驚いてどうしたの？」

「な、何でもないのよ！　いきなり声を掛けられて驚いただけだから！」

「そうなんだ……ふ〜ん？」

こんなにお母さんが取り乱すのは本当に珍しい気がする。

お母さんが手にしているのはあたしと姉さん、そして隼人君の洗濯物……別におかしなことは何もない。

あ、もしかして……はは～ん、そういうことなのかなぁ？

「お母さん、もしかして隼人君の下着とかに触れるのが恥ずかしいんでしょ！」

下着と明言するとお母さんはかぁっと更に顔を真っ赤にした。

あたしたちの着替えや下着に紛れるように隼人君のもあって……あぁでも、あたしたちもそれを見ちゃったら顔を赤くするから別におかしくはないのかな？

あたしや姉さんと違ってお母さんは別に男嫌いというわけでもないし……もしかしたらこういうこともあったなって、お父さんが生きていた頃のことを思い出したのかもしれない。

「お母さん」

「藍那？」

あたしはお母さんの背後に回って抱きしめた。

「あたしと姉さん……それに隼人君だって居るんだから。だから大丈夫だよ」

「あら……もしかして私が感傷に浸ってると思ったの？　その勘違いもそれはそれでありがたいけれど……」

「勘違い？」

「ううん、何でもないわ。ありがとう藍那」

「うん！」

隼人君も大好き、姉さんも大好き、お母さんだってあたしは大好き！

相変わらずお母さんの顔は赤いけれど、あたしが大好きな優しい表情で見つめてくれている……こんな風に優しいお母さんになりたい。もしも隼人君の子供を将来産んだらこんなお母さんにあたしはなりたい！

「お母さんみたいな人に将来はなりたいなぁ」

「ふふっ、いきなりどうしたの？」

「こんなに優しい人がお母さんなんだよ？　もしもあたしが子供を産んだ時、同じことをしてあげたいじゃんか！」

「子供……隼人君との子供かしら？」

「うんうん！　あたしねぇ、早く産みたいんだぁ♪」

そう言うとお母さんは苦笑した。

「それはとても素敵なことだけど、難しいことでもあるのよ。それだけはしっかりと胸に留（とど）めておきなさい」

「分かってるよ。大丈夫」

少なくとも暴走するつもりはないよ……？　本当だよ⁉

仮に隼人君とそういうことをする機会が訪れたとしても、ちゃんと守るべきラインは守るつもり……それだけはあたしも姉さんも強く誓っていることだし、何より隼人君の意思を無視することは絶対にしないから。

（ま、まあ……煽るというか誘惑するのは当然だけどね！）

なんてことを思っていると、ふとあたしはこうして抱きしめているお母さんの体の柔らかさに改めて驚愕する。

親子だからこそ抱きしめることも、抱きしめられることも多かった。

よく三十路を過ぎたら体は衰えていくばかりと聞くけれど、お母さんは歳を取っても若く見えるし、むしろどんどん魅力的になっていく気がするほどだし……凄いなぁ。

「……えい！」

お母さんの弾力たっぷりマシュマロおっぱいを揉んでみた。

ムニュムニュとした気持ちの良い感触がクセになりそうで、お母さんはそんなあたしを止めようとはせず好きにさせている。

「前に姉さんともこんなシチュエーションがあったなぁ。あの時、姉さんったら隼人君とのことを難しく考えていたの。だからあたしがこのおっぱいみたいに頭を柔らかくして考えたらってね」

「それはそれでどうなのかしら？」

「あはは、姉さんも似たようなこと言ってたよ♪」

あの助言を上手く聞き届けてくれたのか、姉さんは本当に素直になったと思う。

まああたしが自由奔放すぎるのかもしれないけれど……けれど、今の姉さんはとてもイキイキしてるし、良かったよねきっと。

「亜利沙も藍那も隼人君と出会って変わったわね」

「うん！　でもお母さんも変わってない？　だって凄く楽しそうだよ？」

「そう？　……そうかもしれないわね。これも全部隼人君のおかげかしら」

あたしと姉さんだけじゃなく、お母さんにも隼人君は影響を与えている。

もう隼人君はあたしたちになくてはならない存在なの……だからこの関係をこれからもずっと大切にしていくんだ、あたしたちは。

「今日帰ってきた時、隼人君と話したんでしょ？　あの時の隼人君、凄くかっこいい表情で二人を探しに行こうとしたの。お母さんも凄く大切に思われてるってこと、それは忘れないでね！」

「あ……そうね。肝に銘じておくわ」

お母さんは照れ臭そうに、けれども満足そうに笑った。

その後、あたしはリビングに向かった。

「さあ隼人君！　姉さんも夜は長いぞ♪」

こんな風にはしゃぐあたしは子供っぽいかな？　でも良いもん！　それだけ今が楽しいってことなんだから。

さあ隼人君、約束通りこの冬休みはとことん楽しませるから覚悟してよね！

あたしは内心でそう呟（つぶや）き、隼人君や姉さんたちと過ごす冬休みに心を躍らせた。

三、重なる母の姿と初詣

定期的にというと少し違うかもしれないが、俺は過去のことを夢で見る。

「母さん、大丈夫だから。俺が傍（そば）に居るから」

「隼人（はやと）……ありがとう隼人」

俺の目の前で、幼い俺と母さんが身を寄せ合っている。

そんな幼い俺と母さんを見つめているのは父方の祖父母……これはちょうど父さんを亡くした時に、母さんに対して心無い言葉を投げかけている場面だ。

母さんは父さんを亡くしたショックを受けているというのに、ただ気に入らないという理由で母さんをあの祖父母たちは酷（ひど）い言葉で罵った。

「お前みたいな女と結婚したせいで息子はダメになったんだ」

「そうよ。あなたに出会わなければあの子が事故に遭うことなんてなかったのに」

当時の俺はその言葉が何を意味しているのか理解は出来なかった。

ただ分かっていたことは彼らの言葉に母さんが傷つき、そんな姿を見て俺は彼らを敵として認識したんだ。

「うるさい！　母さんを虐めるな‼」

当時の俺は何も知らないガキンチョで、当然のように今より体は小さかった。

それでも母さんを守るために必死に腕を広げて自分の体を盾にするように……母さんの前に俺は立ち続けた。

「……そうだったな……そういえばこんな感じだった」

状況が状況なだけに、きっかけ一つでこうも鮮明に思い出せてしまう。

もしも……もしも今の俺がこの時に居たならば、きっと母さんのことをもっと考えてあげられたはずだ。

まあ今更そんなことを考えても仕方ないことではあるけれど、そんなｉｆを少しだけ想像してしまうんだ。

「隼人」

そんなことを考えてしまったからか、夢の中の母さんは俺のことを見た。

優しく微笑みながら近づいてくる母さんに俺も自然と歩み寄り……そして、母さんのことを思いっきり抱きしめた。

▼▽

「母さん……っ！」

「きゃっ⁉」

ギュッと、目の前の存在を強く抱き寄せた。

柔らかい……温かくて良い匂いがする……あぁ落ち着く……ってあれ？　俺は今、何をしているんだっけ？

自分が何をしているのか分からず、それでも顔を包む温もりと柔らかさが気持ち良くて顔を埋めたまま……高級なクッションみたいなの家にあったかなと首を傾げるも、それすらも吸収してしまう弾力だ。

「うふふっ、隼人君は可愛いですね。これくらいで落ち着けるのであれば、いつだってこうしてあげますからね」

「……うん？」

今、確かにハッキリと声が聞こえた。

俺の頭上から聞こえたのは優しい声色……それは亜利沙でも藍那でもなく、俺の聞き間違いでなければこれは……咲奈さん⁉

俺は恐る恐る二つの膨らみの中から顔を上げた……すると、俺を見つめていたのは、やはり咲奈さんで、彼女はジッと俺を見つめたままニッコリと微笑んだ。

「時間ですから起こそうと思ったんですけど、まさかいきなりこんな風に抱きしめられるとは思いませんでした」

「……あ」

そこでようやく、俺は現状を全て理解した。

「す、すみません……朝早くから来てたんでうたた寝を――」

「あ……むぅ！」

スッと離れると咲奈さんは少し頰を膨らませた。

可愛い……なんてことを思いつつ、俺は今何時だと時計を見た。

「十時……そろそろですね」

「はい。亜利沙と藍那はそろそろ支度が終わるはずですよ」

その言葉を聞いて俺は姿勢を正す……いや、姿勢を正すほどでもないか。

冬休みに入って年末を過ごし、いよいよ年が明けた。

俺としては両親が亡くなってからはそこまで特別なイベントがあったわけではないのだが、今回は亜利沙と藍那に初詣の誘いを受けたのである。

仮に彼女たちに誘われなくても俺から誘ったとは思うが……とまあこういう流れで俺は朝早くから新条(しんじょう)家を訪れ、少し眠かったのでうたた寝をしてしまって今に至る。

新年の挨拶も済ませたし……彼女たちに明けましておめでとうと最初に言えたのは最高の気分だった。

「どんな晴れ着なんですかね……」

「ふふっ、数日前から隼人君に見せるんだって気合を入れてましたから。私も一緒にと言われたんですけど、今回は娘たちの晴れ着姿を眺めることにします♪」

「…………」

正直……見たかったような気もする。

ジッと見つめていると、もしかして見たかったんですかと問いかけられ、俺は素直に頷(うなず)いた。

「もちろんですよ。以前にも話したと思うんですけど、咲奈さんは本当に美人で大学生に見えるほどなんです——そんなの見たいに決まってるじゃないですか」

「っ……隼人君は大胆ですね」

「あなたの娘と接してたらこうもなりますよ」

「それは……うふふ、確かにそれはありそうです」

「なのでまあ……咲奈さんは何を着ても似合うとは思いますけど、普段は見ることのない姿を見たい……なぁって」

「……なるほど、分かりました」

俺が見たいって言ったのもあるけど……その分かりましたはどういう……？

頭の中で色んな姿をした咲奈さんを一瞬想像しつつ、用意してくれたお菓子をパクパクと口に放り込む。

そんな風に過ごしていると、ようやくお姫様たちが姿を見せた。

「お待たせ」

「やっと終わったよぉ♪」

リビングに現れた二人を見た時、俺はもう当たり前のように見惚れていた。

もはや放心と言っても過言じゃない……それだけ俺は、目の前の二人から目を離すことが出来なかったんだ。

「隼人君の反応を見れば良かったのが分かるわね」

「うんうん♪　こんなに見惚れてくれるならこっちも着た甲斐があるよ♪」

俺は晴れ着について全く詳しくないが、洋服と違って凄く高いし上質なものだということぐらいは知っている。

俺はまじまじと二人を見つめた。

まず亜利沙は全体的に紫を基調とした着物で、髪型もポニーテールと……髪型が違うだけでも印象がかなり変わる。

対して藍那は赤を基調とした着物で派手さと明るさを両立しており、髪型に関してはいつも付けているリボンを外してサラサラにおろしている……うん、藍那も少しではあるが印象が変わっていた。

「……対照的だなぁ……でも、凄く似合ってるよ二人とも」

そう伝えると亜利沙と藍那は微笑み、そっと俺の傍に駆け寄った。

二人からふんわりと花のような良い香りが漂い、僅かだが香水の甘い香りも混ざっているようで……いつもは見ない彼女たちの特別な姿に俺は大人っぽさを感じてドキドキした。

「ちょっと苦しいかもね。特に胸の辺りが……」

「そうね……確かに苦しいかもしれないわ」

「分かるわ。着物を着る時、胸が大きいのは困るわよねぇ」

咲奈さんの言葉に亜利沙と藍那がうんうんと頷く。

男の俺からしたら全然分からない話題だし、俺を囲むようにして胸の話で盛り上がらないでほしいんだが……とはいえ、こういうことを聞けるのもまたある意味で役得かもしれない。

（でも確かに苦しそうだよな。いつもは大きさが分かるけど、結構締め付けてる……のか？　着物の構造が分からないから何とも言えないけど、凄くスマートに見えるもんな）

もちろんそれは普段二人が太っているように見えるのではなく、胸の部分がいつもより小さく見えるというだけ……なんかマジックみたいだ。

思わずしっかり見てしまったが幸いにも気付かれてないようで、そのことにホッとした。

そして俺たちはようやく家を出るのだった――ただ、玄関を出る時にそっと藍那が耳元で囁いた。

「そんなに触りたかったらいつでも触らせてあげるよ？」

「っ……こほん！」

「あはは♪」

どうやら気付かれてたみたいです……はい。

▼▽

年始の初詣……年に一度とはいえ、わざわざ誰かを誘って行くようなことはしなかった。

まあ今年は何事もなかったら颯太や魁人と一緒に繰り出していた可能性も無きにしも非

ずだが、まさかこうして彼女たちと来られるなんて夢にも思わなかった……あぁいや彼女が出来た時点で想像は出来てたけど、高校生になってまた彼女が出来るとは思わなかったんだ。

「人……多いわね」

「そうだねぇ。あ、離れたらダメだよ隼人君？」

「分かってるよ」

前を歩く二人から決して視線を逸らさぬように、俺は咲奈さんと肩を並べるようにして歩いている。

初詣となれば神社になるわけだけど、やはりとてつもないほどの人で溢れている。

騒がしいし肩を軽くぶつけてしまうのも当たり前だが、これだけの人込みだからこそ俺は亜利沙と藍那、そして咲奈さんのことを注意深く見ている。

（こういう場だし痴漢っつうか、どさくさに紛れて体を触ろうとする奴が居るかもしれないからな）

幸いにも今のところそういった奴には遭遇していないが晴れ着姿の二人はもちろんのこと、咲奈さんも周りから視線を集めていてかなり目立っている。

「咲奈さん、離れないでくださいね？」

「分かってますよ。隼人君だけでなく、娘たちに心配は掛けられませんから」

それを分かってくれているなら安心だ。

ただ……意外と知り合いというか、クラスメイトに会わないものだなとちょっと驚いた。偶に見覚えのある顔は見るものの、いつもと違う亜利沙と藍那の姿に気付かないのか？まあ藍那はともかく、亜利沙は髪型が違うだけでかなり雰囲気も変わってるからなのかな？

色々と警戒していたものの、特に何事もなく俺たちは先に進むことが出来た。

「結構着物の人多いんだね」

「みたいだな。年に一度だし、気合を入れるのはみんな同じなんだな」

年齢を問わず、晴れ着を着ている人は結構多い。

化粧もばっちりキメている女性と何人かすれ違ったし、周囲の視線を惹く人も何人か居たが亜利沙たちを既に見ているせいか目を奪われるなんてこともない……それだけ二人が魅力的すぎるんだなと考えていると、亜利沙がこんなことを口にした。

「他の人がどう見ているのか知らないけれど、私と藍那はここぞとばかりに気合を入れさせてもらったわ。隼人君に見てほしかったから」

「亜利沙……」

ジッと見つめられながらそう言われ、俺は照れ臭くなってそっぽを向いた。

そんな風にして足を止めたのがマズかったのか、咲奈さんに急(せ)かされるように背中を押されてしまう。

「仲が良いのを見せ付けるのは構いませんが、まずは進みましょうね？」

「……うっす」

「はい」

「は〜い」

足を止めてしまっては他の人の迷惑になるし、咲奈さんが窘(たしな)めてくれて助かった。

その後の俺たちは歩きながら楽しく会話をして拝殿の前に到着し、硬貨を賽銭箱(さいせんばこ)に投げ入れて鈴緒を揺らした。

じゃらんじゃらんと音が鳴り響き、俺は目を閉じて手を合わせ……今年の抱負と願いを心の中で呟(つぶや)く。

(亜利沙と藍那が幸せに過ごせますように……咲奈さんも含めて、みんなと一緒に楽しく過ごせますように。颯太と魁人たちと仲良く過ごせますように……祖父(じい)ちゃんと祖母(ばあ)ちゃんが健康に過ごせますように)

自分が考え付く最大限の願い事を祈った。

俺はあまりこういうことを信じるような人間ではないが、それでも強く願えば叶うんだと夢は持ちたい……よし、こんなもんかな。

「……？」

ふと両隣を交互に見た。

亜利沙と藍那も手を合わせ、直立不動でジッとしている……それだけ真剣に何かを願っているようだが、生憎と彼女たちが何を願っているのかは分からない……でも少しだけ分かるものもあったりする。

「亜利沙と藍那が健やかに過ごせますように……隼人君も一緒に、みんなでいつまでも幸せに過ごせますように」

咲奈さんに関しては完全に口に出ていたけど、俺は一人ホッコリしていた。

お参りが終わった後、俺たちはそれぞれお守りを買うことに――俺と亜利沙は健康祈願と学業成就、咲奈さんは健康祈願と家内安全に加えて金運のお守りも買っていたのは大人ならではだった。

「仕事の面で心配は全くないですし、蓄えも問題はないですがやっぱりこういうのは持っておいて損はないですからね」

「へぇ……」

なるほど……金運のお守りか。

持っておいて損はないだろうし、後で俺も景気付けに買っておくのもありだな。

「藍那？　何のお守りを買ったの？」

俺や亜利沙と同じく健康祈願と学業成就のお守りを買っていた藍那だが、彼女はもう一つお守りを買っていた……っ⁉

ニヤリと笑って藍那はそれを見せてくれたのだが、俺は盛大に咽せそうになって口に手を当てた……だって……だってそのお守りはさぁ!!

「じゃじゃ～ん♪　安産祈願で～す♪」

「…………」

「藍那……あなたねぇ」

俺にビシッと見せ付けるように彼女は安産祈願のお守りを堂々と掲げた。

周りには老若男女問わず大勢居るが、そのうちの何人かがギョッとしたように藍那を見つめたかと思えば、中には微笑ましそうに彼女を見つめる目もいくつかある。

明らかに藍那は高校生に見えるからシャレにならないが、意外と微笑ましいもの……なのか？

「あたしと隼人君の子供の安産祈願だよん♪　まだ高校生で気は早いけど……まあ持って

安産祈願

ても良いんじゃないかなぁって♪」

あ、今度こそ色んな人の目が俺に向いちゃった……。

周りから集まる視線に挙動不審になっていた俺だが、そんな俺を救ってくれたのが咲奈さんだった。

咲奈さんはここに居たままだと邪魔になるからと言って、俺の手を取って歩き出しその後ろに亜利沙と藍那も続く。

「気持ちは分からないでもないけどねぇ……」

「姉さんは興味ないのぉ？」

「……ないこともないわ」

「でしょ～？　じゃあ姉さんも買ったら？」

「……ふむ」

藍那の言葉に亜利沙は考え込み、再びお守り売り場に向かおうとしたものの自分を律するように頭を振った。

別に買うのは止めないんだが……まあ、このことに関してはあまり俺は口を出さないでおこう……というか出せるものじゃないしなこれは。

「亜利沙も藍那も若いですね……少しだけ羨ましいですよ」

咲奈さんも十分若いですけど……まあでも、咲奈さんからすれば俺たちは子供だし若さの塊ではある……俺も歳を取ったら咲奈さんみたいに、自分の子供を見ながらこんな風に言う日が来るのかもしれない。

（そうなった時は……どういう光景なんだろうか）

薄らと浮かんだのは俺と亜利沙、藍那のもとに子供たちが居る光景だ。

この未来の形に落ち着くかどうかは俺の……俺たちの頑張り次第だし、どれだけ想いを育みずっと共に過ごしたいと思えるかだ。

（……あ、だとしたら神様。もう離れちまったけど、そんな未来が訪れることも祈らせてくれると嬉しいです）

というわけで神様！　どうか聞き届けておくれ！

「……ふふっ、優しい表情ですね。とても素敵ですよ」

「あ……ありがとうございます」

キッチリと見られていた咲奈さんに照れつつ、その後は四人でおみくじを引き、藍那だけが凶を引くという何とも言えない結果になった。

俺と亜利沙は大吉で咲奈さんが中吉ということもあってか、藍那の落ち込みようは凄まじく、おみくじ掛けの前では周りの人々が思わず離れてしまうほどに彼女の形相は怖かった……こんな感じに。

「凶……？　あり得ない……絶対にあり得ない……ふざけないで……凶なんて知らない漢字見たことも聞いたこともない……絶対にないんだから!!」

「落ち着け藍那！　凶って文字は確かに存在しているから！」

「そ、そうよ！　そんなものただのおみくじだから！」

それはそれでどうなんだ亜利沙さん……。

亜利沙と協力して藍那を宥めていると、そこで背後から声が聞こえた。

「あれ？　亜利沙と藍那？」

「え？　ほんと？」

その声に振り向くと二人の女子が居た。

亜利沙や藍那のように晴れ着姿ではなく私服姿だが、その顔には見覚えがある——彼女たちは確か……亜利沙たちのクラスメイトのはずだ。

「あなたたちも来てたのね」

「あはは、明けましておめでとう！」

ちなみに彼女たちは晴れ着姿の二人に夢中で俺には気付いていなかった。

亜利沙は話の途中で何かを目配せしたかと思えば、咲奈さんが俺の肩をトントンと叩いてこちらへと囁いた。

「……気を遣わせたのかな？」

「別に大丈夫と思いますけど、追及されるのも面倒と思ったのでしょう」

それは確かに……後でちゃんと気を遣わせたことのお礼は伝えておこう。

「咲奈さんは彼女たちと顔見知りじゃないんですか？」

「そうですね……入学式の時に見かけた記憶はありますけど、基本的に娘たちは友達を家に連れてくることはないですからね。その意味では顔見知りではないかなと」

「なるほどです」

亜利沙と藍那も基本的に友達と遊ぶとなったら外に繰り出すようだし、友人であっても家に招いたりはしてないんだな……それはちょっと知らなかった。

それから俺と咲奈さんは二人を見守るように待機していた時、咲奈さんがそっと囁いた。

「隼人君、お墓参りは行きますか？」

「……あ～そうですね。毎年行ってますから今年も行くつもりですよ」

「なら私たちも一緒によろしいですか？」

その提案に俺は目を丸くした。

家の仏壇に手を合わせてくれているだけで十分ではあったのだが、一緒にお墓参りもしてくれるらしい。

「いいんですか？」

「もちろんです。むしろお願いをしたいくらいだったんですよ」

それなら……別に断る理由は全然ないので俺は頷いた。

ただ、そうなってくると俺も絶対に譲れないものがある——咲奈さんを見つめ返して俺はこう言った。

「なら、俺も亜利沙と藍那のお父さん……咲奈さんの旦那さんに挨拶をさせてもらえないでしょうか？　俺も仏壇に挨拶はしたことありますけど、やっぱりそうなるなら俺もしないと！」

「……分かりました。お願いしても良いですか？」

「はい！」

これは本当に面と向かっての挨拶になるのだろう……また伝えよう。

俺はもしかしたら二人の娘を誑かした男に見えているかもしれない……けれど、二人を想う気持ちは誰にも負けない。

全て覚悟の上で、俺は二人の気持ちに応え……そしてこれからも共に過ごしたいという決意をしたことを、もう一度お墓の前でハッキリと宣言しよう。

「隼人君、母さんも待たせてごめんなさい」

「たっだいま〜！」

「うおっと……」

二人が戻り、藍那が抱き着いてきたので何とか受け止めた。

友人たちは既にどこかに行ったらしくその姿は確認出来なかったが、俺は抱き着いてきた藍那の頭を自然と撫で……そこでおやっと首を傾げた。

「どうしたの？」

「いや……ほら、いつもはリボンで髪を結んでるけど……それがないだけでちょっと違うんだなって」

「今日だけかなぁ」

「凶だけにね」

「っ……思い出させないで姉さん！　凶なんて文字は存在しないもん！」

今日だけに凶だけ……か。

亜利沙がそんなギャグ染みたことを口にするとは思わなかったけれど、凶という言葉を聞いただけでこの変わりよう……気持ちは分かるけど一応結んでお祓いは出来たと思うから大丈夫なはずだ。

「よしよし、大丈夫だからな」

「ばぶぅ！」

あ、藍那が赤ちゃんになってしまわれた……。

取り敢えずやりたかったことはほぼ終えたため、家に飾る縁起物を買ってから俺たちは屋台の方へ向かう。

せっかくこうして屋台がたくさん出ているので食事は外で済まそうとなったためだ。

ただ……俺はそこで大変なことを仕出かしてしまう。

たこ焼きと焼きそばを買って、炭酸のグレープジュースを買った直後に人とぶつかってしまい、思いっきり中身を亜利沙に掛けてしまった。

「ご、ごめん！」

厳密には俺が悪いわけではない……けれど、俺の不注意のせいでもある。

こういう晴れ着といった着物が普通の服と違ってかなりの値段するのは知っているし、なによりクリーニングに出すにしても高額だと聞いたことがある。

値段もそうだが今日のために用意してくれたその晴れ着を汚してしまった……多分今の俺はかなり慌てた顔をしているはずだ。

「ふふっ、大丈夫よ隼人君。確かにちょっと大変かもしれないけれど、今のはあなたが悪いわけではないわ」

ハンカチで濡れた部分を拭きながら亜利沙はそう言った。

そんな風に言ってくれるのは非常にありがたいけれど、やっぱりそれ以上に申し訳なさの方が遥かに大きかった。

藍那も亜利沙の濡れた部分を拭きながら、こちらを安心させてくれるかのように微笑んだ。

「そうだよ？　前を見ずに歩いていたあいつが悪いって。だから隼人君が気にすることは何もないの」

「…………」

「亜利沙と藍那の言う通りですよ。この人込みですし仕方ないことです」

咲奈さんにもそう言われ、俺はそういうことならと頷いた。

雪は降っていないし太陽の光が差し込んでいるとはいえ、相変わらず気温は低く風邪を引いてしまうリスクは少なからずある。

気休め程度にしかならないが、俺は亜利沙の肩を抱くようにして距離を詰めた。

「あ……うふふ♪　温かいわ隼人君」

「これくらいで温かいって言ってくれるならいくらでもするよ」

俺の不注意が招いたことではあるものの、ここまで言ってくれるし、お言葉に甘えて謝るのはここまでにしようか。

既に買っておいたたこ焼きなどはそのままに、他にやることもないのでこれで帰ることに——咲奈さんが運転する車に乗った際、くしゅんと可愛いくしゃみを亜利沙がして、また俺は慌てたりと……そんな風に、俺と彼女たちによる初めての初詣はドタバタだった。

寄り道をすることなく家に帰り、亜利沙はすぐにお風呂に向かった。

「隼人君。本当に気にしなくて大丈夫ですからね？」

「あ……はい。ありがとうございます、咲奈さん」

どうやら気にしないように心掛けてはいたものの、しっかりと表情には出ていたらしく咲奈さんにまた声を掛けられてしまった。

「その……全部気にするなってのは難しいですけど……よしっ！　マジでみんなの言葉に甘えることにします！」

「それで良いんですよ。後のことはお母さんに任せてくださいね？」

「っ……うん」

あ、不意にそういうことを言うのは反則です咲奈さん……。

亜利沙の脱いだ着物を持って歩いていく咲奈さんの背中を見つめていると、藍那がそっと俺の手を取った。

「藍那？」

「えへへ、なんだかんだ隼人君が気に病むのも少し分かるから。あたしが隼人君の立場でもそんな風になってたと思うよ」

「そうか……？」

「うんうん！　だからね？　姉さんはお風呂に行っちゃってお母さんも居ない……そうなると、あたしは隼人君を少しでも慰めてあげようと思ったのだ！」

ウインクをしながら藍那はそう言い、勢いのままに俺は彼女の部屋へと連れていかれた。

ベッドや棚の上の愛らしい人形たちが俺たちを出迎えたわけだが……えっと、何をするつもりなんだ？

「改めてになるんだけど、この晴れ着姿はどうだった？」

「うん。凄く綺麗だったよ……その、月並みな言葉で申し訳ないんだけどさ」

「ううん、これかなって捻り出す言葉もそれはもちろん嬉しいんだけどさ。やっぱり最初にスッと出てくる言葉は何より本心でしょ？　それが嬉しいよ♪」

「……そっか」

「うん♪」

さてさて、亜利沙や咲奈さんにも慰められたがこうして藍那にもまた慰められたところで……ようやく俺を部屋に連れてきた用事を済ませるらしい。

(慰めるって言ってたけど……なんだ？)

もう慰めてもらう必要は全くないんだけど……う～ん？

ジッと藍那を見つめていると彼女はニヤリと笑った——何故かその瞬間、俺は背中にゾクッとした何かを感じた。

何かを企んでいる様子の藍那はツンツンと俺の胸を突きながら口を開く。

「隼人君は晴れ着の構造……構造って言うと少し違うかな？　どんな風に着付けをするとか知ってるの？」

「いや、全然知らない」

「だよねぇ。ちょっと脱ぐのを手伝ってもらえるかな？　一人だと大変でさぁ」

え……？

脱ぐのを手伝ってほしいと……今、そう仰いましたか藍那さん？

「これをさ……ちょちょっと解いてほしいの」

「……えっと」

「それだけで良いよ？　それが終わったら後は自分でやるからね」

あ〜、それなら別に良いか。

まあ見ることはなかったけど、俺のすぐ傍で亜利沙と藍那が着替えをするということも経験したわけだし……すぐに出ていくならそれと同じだ。

（いや……こういうのって普通なら知識とかあるのかもしれないけど、わざわざ女性が着るものを調べることってないからなぁ）

これだよと指を向けられている帯に俺は手を掛けた。

キッチリと体を締めているかと思いきや、既に藍那がある程度緩めたらしく簡単に解けそうだ――ただこの時、俺は完全に油断していた。

そもそもこういったものを知らなかったので仕方ないのだが、俺は藍那が慰めてあげると言った意味をすぐに理解することになる。

「これで……解けるのかな？」

「そうだよ？」

「よし……え？」

俺は帯を解いた……すると、あっさりと帯は床に落ち……藍那が身に纏う着物が綺麗にはだけてしまった。

「っ!?」

一瞬思考が停止し、俺は一体何をしたんだと困惑に陥る。

全てが見えているわけではないが、藍那は着物がはだけても一切動揺を見せず、こちらを振り返りニコッと微笑んだ。

「こういうのって帯が命なんだよ？　これが外れるだけでこんな風に着物ははだけちゃうんだぁ♪」

「あ、藍那ああああああっ!!」

「いや〜ん♪　隼人君のえっちぃ♪」

見てしまってごめんだとか、脱がせてしまってごめんなんて言葉はなかった。

俺はただ、嵌（は）めやがったなという気持ちで大きく叫んで目を塞ぐ——しっかりと目を閉じ、手も当ててバッチリガードの姿勢だ……だが、目の前に居る彼女の猛攻はここからだった。

「ど〜ん！」

「のわっ⁉」

腹部に衝撃を感じたかと思えば、後ろのベッドに押し倒されてしまう。

ふんわりとした感触に背中と頭を守られたおかげで痛みはないが、仮に痛みがあったとしてもそんなものはすぐに狭間（はざま）へと吹き飛ばされるはずだ……目の前で見下ろすはだけた着物美人を見てしまったら誰だってこうなる。

「……う〜ん」

「藍那？」

俺を見下ろしたまま綺麗な肌や胸の谷間、下着なども全て隠さず状態の藍那は何かを考えている……しばらくジッと見つめ合った後、藍那はボソッと呟いた。

「こうやって隼人君を誘惑してるとね？　絶対に姉さんが来るんだよ」

「……うん？」

「ほら、以前のサンタコスプレの時もそうだったじゃん？　こうやってちょっと美味しいイベントを楽しんでいると姉さんが必ず――」

言葉を途中で遮るようにガチャッと扉が開いた。

あっ、と俺と藍那は同時に声を出してそちらに目を向ける――藍那の予言通りと言うべきか、風呂から上がった亜利沙がそこに立っていた。

亜利沙は俺たちを見た途端にため息を吐く。

「藍那、まずは着替えなさい」

「えぇ？　でも――」

「でもじゃない――良いわね？」

「イ、イエスマム！」

ギロリと鋭い眼光を向けた亜利沙。

藍那はサッと立ち上がって敬礼をした後、すぐに言われた通り着替え始めたので俺はそっと部屋を出た。

「助かったよ亜利沙」

「あら本当に？　残念だったとか思ってないの？」

「……ちょっとだけ？」

「ふふっ、素直ね」

まあ、確かに大変な瞬間ではあったけど男としてドキドキしたのは確かだし……亜利沙が言ったように少しだけ残念だ。

「藍那が着替えを終えるまで私の部屋に行きましょうか」

「おう」

亜利沙の部屋に向かい、彼女と丸テーブルを囲むように腰を下ろす。

「一年の始まりとして今日は申し分なかったわね。最後の最後にハプニングはあったけれど、あれくらいは全然だわ」

「そっか……でもマジで嫌な汗出ちまった」

うぅ……亜利沙たちがこんなにも気にしないで良いと言ってくれているが、あれって相手が相手ならクリーニング代や弁償を要求されてもおかしくはないと思うんだ。

相手が亜利沙で良かったなんて簡単に考えるのではなく、もう済んだことではあるが、またこういう事態にならないようしっかり気を付けないと！

「あ、そうだ。藍那にも言ったんだけど」

「えぇ」

「本当に今日の二人は綺麗だったよ。出掛ける前にも言ったけどね」

「ありがとう。隼人君に見せたくて気合を入れたもの」

亜利沙はさっき、新年の始まりから申し分ないと言っていたが……こんな風に二人に言われた俺こそが何より幸せなんだよ。

「……なあ亜利沙」

「なあに？」

「俺は……二人を楽しませられてるっていうか、ちゃんと彼氏として色々出来てるかな？」

なんて、どうしてか分からないがふと無意識に言葉が口から出ていた。

亜利沙は突然のことに目を丸くしたものの、何かを察したように俺の手を取り、その端整な顔をグッと近づけた。

フワッと香る良い匂いに心なしか頭がクラクラしそうになりながらも、俺は彼女の綺麗な瞳を見つめる。

「楽しめているか、色々なことが出来ているか……それだけを言わせてもらえば十分満足しているわよ？　そもそも、こうしてあなたの前に居る私と藍那はどんな表情をしているかしら？」

「……笑ってる」

そう、亜利沙は笑っている……もちろん藍那もそうだ。

……不意に出た言葉ではあるけれど、そうか……俺は自信を持って良いんだ……そうじゃないとこれからもまた気を抜いたら同じセリフが出てしまいそうだ。

「そう、笑っているわ。あなたの傍に居るから……あなたが、隼人君が居てくれるから」

俺の頬に手を添える亜利沙。

何かあったら、いつもこうされている気がする……こんなにも顔が近いからこそ至近距離で見つめ合うことになり、だからこそ次のような行動に出るのも普通だった。

「は、隼人君？」

「ちょっと……甘えるわ」

後ろにクッションがあるのをいいことに亜利沙を押し倒す。

そのまま何もかもを忘れるように、ただただこの甘い雰囲気の中に浸るように亜利沙の温もりを味わいながら、俺は小さくありがとうと口にした。

「ええ、私の方こそありがとう」

それからしばらく、亜利沙を押し倒すような体勢で時間を過ごし……そして藍那が今度はこっちにやってきたことで、さっきとまた同じことが逆に行われるのだった。

「亜利沙のポニテ姿……良いね」

「そう？　気分転換にちょっと結んだだけなのだけど」

「あ、隼人君もそう思う？　なんかこう、服装によっては巫女さんにも見えるよね」

「あ〜、それだ確かに！」

「巫女さん……巫女さんコスプレもありね」

「亜利沙さん？」

「姉さん？」

「……よし、これで良いですかね」

「えぇ。あの人も喜んでくれているでしょうね」

合わせていた手を下ろし、俺は立ち上がった。

目の前にあるのは咲奈さんの旦那さんが眠っているお墓……今日は予め話していたお墓参りの日だ。

ついさっき俺は母さんと父さんの墓参りを終え、今は亜利沙と藍那がそっちの方でお参りしている。

「それにしても同じ街だからかお墓の場所も同じなんですね」

「そうですね。ここの霊園は大きいですから」

もしかしたら……今までに何度か、お互いに記憶に残らない程度にすれ違ったりしていたのかもしれない。

「あの人はとても優しい人でした。亜利沙と藍那を本当に可愛がってくれて……私のこともとてもよく考えてくれていました」

「でしょうね。咲奈さんの旦那さんという立場もそうですけど、あんな素敵な娘が二人居たら可愛がりたくてしょうがなかったんじゃないですか？」

「あ……」

そう伝えると咲奈さんはキョトンと固まった。

どうしたのかと見つめていると段々と瞳が揺れ、これはまさかと不安になったがそんな未来は訪れず、咲奈さんは墓を見つめ直した。

「今の言葉……あの人も似たようなことを言っていました――亜利沙と藍那が可愛くて仕方ないと、優しい眼差しをあの子たちに向けながら語っていたものです」

ここからだと髪で目元が隠れてしまい咲奈さんの横顔しか見ることは出来ず、どんな表情をしているのか窺い知ることは難しかった。

ただそれでも咲奈さんから暗い雰囲気を感じ取ることは出来ず、それだけはちょっと安心した。

「隼人君、母さんも」

「挨拶し終えたよ。たぶんね……息子をお願いしますって言われたかも♪」

「お、マジかよ。でも普通に言いそうだわ」

母さんなら……いや、父さんもここまで来たら絶対にそう言いそうだ。

むしろ絶対に亜利沙と藍那を幸せにしろ、じゃないと男じゃないぞ、くらいはバシバシ背中を叩（たた）いて言ってくるんじゃ……いやいや、それも母さんだわ絶対に。

「お墓参り……懐かしい気持ちになるけれど、同時に少し寂しくなるね」

「そうね……でもだからこそ残された私たちは幸せにならないといけないのよ」

そうだな……その言葉には全面的に同意だし、これからもずっと胸に留めなければならない言葉だ。

さて、これで俺も彼女たちもやりたいことは終わった。

チラチラと雪も降ってきたので荷物を纏（まと）めて帰ろうと墓に背を向けた時、俺にとって知った顔が向こうから歩いてきた。

「あ……」

向こうから歩いてきたのは老夫婦だ。

あれがただの老夫婦なら別にどうでも良かったけれど、あの二人は俺にとって他人……ではあるけど簡単には切れない二人だった。

(そうか……まあこういう時期だし、こうして偶然出会うこともあるか)

歩いてきている二人は父さんの両親……つまり、母さんに暴言を吐いた人たち。

俺からしても当然良い思い出なんて一つもなく、二度と会いたくないほどに嫌っている相手なのは間違いない。

「隼人君？」

「隼人君？」

両隣から異なる声音で名前を呼ばれ、俺はハッとするように顔を上げた。

ただ……これだけで二人には十分だったらしく、まず亜利沙が俺の上着のフードを頭に被せ、藍那がギュッと腕を抱いた。

「えっと……」

そのまま老夫婦の横を通り過ぎ、俺は小さく息を吐いた。

「隼人君、今のがもしかして？」

「はい……そうっすね」

「なるほどです――さあ二人とも、今日は寄り道せずに帰るわよ」

「分かったわ」

「うん」

それから車へ戻り、俺たちは帰宅するのだった。

車の中では和気藹々な様子の亜利沙と藍那、そして時折話に加わる咲奈さんとそれはもうとても盛り上がった。

新条家に着くまでの間、ずっと楽しい話で盛り上がり……父方の祖父母の話には一切触れなかったのはきっと俺のことを思ってくれてのことなんだろう。

(流石に気を遣わせちゃったな……でも、やっぱり不意な出会いはビックリするけど以前に比べて気は楽だ)

それもきっと……彼女たちと出会って心に大きな余裕が生まれたからだ。

もちろんそれだけじゃなくて俺自身が今までの俺よりも強くなろうと、そう変わろうとしているからこそなんだと思う。

「隼人君？」

「どうしたの？」

「いや、何でもない！　ふううううううっっ!!」

「ちょ、ちょっと!?」

「隼人君が壊れちゃった!?」

壊れてもないし頭がおかしくなったわけでもないからね!?

ちょっとだけ自分の変化が嬉しくなったのと、そんな風に俺を変えてくれた彼女たちへの感謝を伝えたかっただけなんだ……うん？　だとしてもいきなり奇声を上げるのは確かにヤバい奴かも？

(ま、まあこういうこともあるってことよ！)

即座に俺は反省し、大人しく咲奈さんの美味しい料理を待つことにした。

こうして俺の年末年始は過ぎ去った――彼女たちと育む甘くも温かな日々……それはまだ終わることなく、むしろこれからが本番だと言わんばかりに続いていくことを予感させた。

四、年納めはお母さんメイド？

「それじゃあな隼人！」

「今日は楽しかったわ！」

「俺もだよ。またな！」

冬休み最後の日、朝から遊びに来ていた颯太と魁人を見送った。

元々冬休みに遊ぼうと言っていたとはいえ、こっちも色々と忙しくてその時間が取れなかったが、最後の最後にこうして時間が取れたのは良かった。

「……にしても、今年の冬休みは本当に楽しかったなぁ」

年末年始は亜利沙と藍那、咲奈さんたちと過ごし……もちろん昨日だって新条家にお邪魔して夕飯までご馳走になって……例年通りなら寂しくもあり冷たいこの冬の時期を温かな環境の中で過ごせたこと……本当に素晴らしい時間だった。

「う～ん！　はぁ！」

天に腕を伸ばすように伸びをした後、俺は家の中に戻った。

既に夕方なので風呂や食事の準備諸々をしなければ……今日は一人だし、さてさて何を作って食べようかねぇ。

「……うん？」

まずは湯を張ろうと思い風呂に向かおうとした矢先のことだ。

リビングに置いたままのスマホに電話が掛かってきたらしく、流行りの曲が俺にそれを教えてくれた。

「はいはいっと」

亜利沙か藍那？　それとも颯太か魁人……はたまた咲奈さんか？　そんな風に予想しながらスマホを手に取って確認すると、その誰でもなく祖父ちゃんだった。

「もしもし？」

『おぉもしもし。元気にしとるか隼人』

「うん、元気にしてるよ。祖父ちゃんこそ元気そうだな？」

そうは言っても定期的に連絡を取り合っているので元気なのは知っているが、決して若いわけではないので心配はしている。

『儂は元気だ。だがのう……』

「どうしたんだ？」

『今年の年末年始は隼人と会っておらんから、それが少し寂しかったわい』

「……あ〜」

それは確かになと苦笑した。

去年までなら会いに行くか、それか祖父ちゃんと祖母ちゃんがこっちにちょこっと顔を出すのが普通だったけれど、今年は何度も言うが亜利沙たちと過ごす時間が多くてそれもなかったんだ。

寂しいと言ってくれることは嬉しいし、そう言わせたことに申し訳なさがあるのは確かだが……そもそも亜利沙たちが居るからそっちの時間を優先しなさいと、そう言ってくれたのは祖父ちゃんたちだったりする。

『隼人がお世話になっている子たちに挨拶はしておきたかったが……それはまた別の機会にしようと思うとる。咲奈さんから色々と話は聞いておるからの』

「みたいだな。咲奈さん……どんなことを言ってるの？」

『隼人の良いことしか言わんよ。じゃがまあ、流石儂らの孫だなと婆さんと一緒に笑っとるわ』

「う〜ん……詳しく聞きたい気もするんだが」

　一応、前に咲奈さんには祖父ちゃんたちの連絡先を教えている。

　それもあってか俺の様子を逐一咲奈さんが伝えてくれたりもしてるし、何より祖父ちゃんと祖母ちゃんも咲奈さんと話をするのが楽しみらしく、かなり良い関係を築けているようだった。

『隼人が強盗に立ち向かったと聞いた時は肝を冷やしたものだが……』

「それに関しては……まあ警察の人にも口酸っぱく言われたよ。でも……もしあの時俺が助けなかったらと思うとね」

『分かっておる。無茶(むちゃ)をしたとは思うが怒りはせん——立派だぞ隼人』

「うん」

　まあ、いくら祖父ちゃんや祖母ちゃんが俺に甘いとはいえ怒らないわけじゃない。

　でも今回に関しては既に俺が無茶をしたことを理解しているから、そしてその結果助けられた存在が居たことが大きいんだろう。

「祖父ちゃん、色んな意見があると思うんだ。でも俺は間違ったことをしたとは思ってないよ。それだけは言わせてほしい」

『分かっておる。絶対の正解はないだろうが、儂は隼人の考えを尊重するぞ？』

「ははっ、ありがとう」

『うむうむ。やはり孫にお礼を言われるのは気分がえぇのぅ！』

電話の向こうで祖父ちゃんが楽しそうにほっほっほと笑っている。

それからしばらく祖父ちゃんと話し込んだが、最後の最後に祖父ちゃんはこんな言葉を俺に残した。

『咲奈さんと話をしていると香澄（かすみ）のことを思い出す……香澄と同年代というのもあるが、似ておる部分があっての。咲奈さんも言っておったが、偶（たま）には甘えてみるのも良いはずだぞ？』

香澄——母さんの名前だ。

「……うん、分かってるよ」

言われなくても咲奈さんには結構甘えている節はあると思っている。

本人にそう言われたのもあるし、反射的に母さんと呼びそうになることすらあるほどなんだから……でも、いざ自分から意識して甘えようとすると恥ずかしくはあった。

その後、また連絡をすると約束して通話を終えた。

「本当に色んな人に思われてるんだな俺って……頑張って生きるぞ！」

頑張って生きるぞ、言葉だけならちょっと大げさだ。

でも……この冬休みで亜利沙と藍那との仲は更に深まったと自負しているし、これからもっと大変な日々があると思うんだよなぁ……もちろんそれは嫌なものではなく単純に彼女たちの魅力に困らせられそうだという贅沢な悩みだ。

「っと、こんなことしてるとどんどん時間がなくなっちまう」

ハッとすると俺は風呂に入り、そして夕飯もササッと済ませた。

新条家で食事の用意を手伝うこともあるので、そのおかげもあってか大したものではないけど料理スキルも僅かに上達しており、包丁の使い方なんかは結構様になっているように思う。

そんなこんなで、俺は自室で筋トレをしていた。

「いち、に、さん……ふぃ～」

最近、一人の時間はよく筋トレをするようになった。

別に太ったりはしていないし体が弱いわけでもないが、単純に体を少しでも鍛えておきたいと思っただけだ――所謂、ちょっとした見栄ってやつかもしれないけど、いつだって男ってのは強くかっこよくありたいってもんだ。

「もう少しやって……終わるかな」

冬休み最後の日、その夜に筋トレをしながら過ごしてるのって俺くらいじゃないのかなぁ……なんてことを考えつつ、汗を掻かない程度に頑張ったが息は上がる。

「はぁ……ふぅ……いやぁ悪くないな」

体育の授業以外だと運動もしないことだし、定期的にするのもありだなこれは。

何ならスポーツジムに通ったりするのも悪くはないか……颯太は無理だろうけど、魁人を誘っていくのも良いかな。

「……あ」

筋トレを終え、そろそろ寝ようかと思ったところであるものが目に入った。

それは相変わらず憎たらしい顔で俺を見るカボチャの被り物――俺はスッと立ち上がり亜利沙と藍那が縁結びの神様と崇める奴をぺしっと叩いた。

「お前のおかげで毎日が幸せで楽しすぎるよ――どうにかしてくれって思う時も偶にあるけれど、本当に感謝してる」

縁結びの神様……ねぇ。

まあでも、俺も最近ちょっとそれを認めつつある……いや、ここまで来たら認めざるを得ないか。

「明日から高校一年最後の三学期だ――ま、見守っていてくれよ」

トントンと、カボチャを撫でてから電気を消した。

ベッドに横になり、亜利沙と藍那におやすみなさいのメッセージを送った。

すると、送ってすぐに既読になり同じタイミングで返事があった。

『おやすみなさい、愛してるわ隼人君』

『おやすみ！　愛してるよ隼人君！』

……ったく、ニヤニヤしすぎて口角が天井に突き刺さるかもしれん。

それだけじゃなくて文面でしかないのに、しっかりと二人の声が脳内で再生される。そして俺は幸せな気持ちで眠りに就くのだった。

長い……そうでもないか。

冬休みが明けて学校が始まり、校内もそこそこ慌ただしい日々が続いている。俺たち一年生はあまり変化はないけれど、三年生は卒業後に向けて特に忙しい時期だ。

「お、どこ行くんだ？」

「ちょっとな～」

昼食を食べ終え、俺は颯太たちに手を振って教室を出た。

窓の外を見れば真っ白な景色……十二月にも雪は降っていたが、一月になってからいよいよ本格的に風も強く吹いて更に冷え込んできた。

「……ちょい寒いな」

廊下は暖房がきいてないので寒いのは当然だが……それでも向かう先は一つだ。

すれ違う生徒たちには一切目を向けることなく、空き教室のドアを開けて中に入った……あれ？　暖かい？

「あ、来たね」

「来たわね隼人君」

「二人ともお待たせ……って言いたいところだけど、ストーブ？」

「だって寒いんだもん」

そ、そりゃあまあ確かに……ね？

基本的に生徒は空き教室に用がなければ入ることはないので、暖房は問題外だがストーブも使うようなことはない……これって怒られたりしない？

「心配は無用よ。ちょっとやりたいことがあるからって先生に使用許可は取ってるの」

「へぇ」

「ま、やることって隼人君とイチャイチャすることだけどねぇ！」

「もちろんそう直接言っているわけではないわ。少し悪い子になった気分だけれど、日頃の過ごし方の賜物（たまもの）かしら」

「ほへぇ……」

確かに亜利沙と藍那の素行の良さは先生たちの間でも評判だ。

成績も良く生活態度も良い……それは先生方からすれば可愛がるに値する生徒だろうし多少の融通は利かせてくれるんだろうなぁ。

「ということで——」

「おいで隼人君♪」

腕を広げて俺を待つ二人……俺は二人に近づいた。

思えばこうして学校で二人同時に待ち合わせをしたのは初めてか……そんなことを思いながら二人に手を伸ばす。

伸ばした手に亜利沙と藍那の手が絡み合い、強く結ばれた。

お互いに微笑み合い、話題は冬休みのことへと移る。

「本当に今年の冬休みは有意義だったわ。私、隼人君の役に立てたわよね？」

「うんうん！　あたしも隼人君とすっごくイチャイチャ出来たから最高だった！」

「……うん。俺も最高の冬休みだったよ」

何度思い返しても笑みが零れる……それが今の俺だった。

学校ではあまり絡むことがないからこそ話は弾む……はずだったのだが、やはりこうして集まっていれば当たり前にアクシデントは発生する。

「あれ？　なんか教室の中明るくない？」

「うん……誰か居るのかな？」

と、そんな声がドアの向こう側からしたのである。

ドキッと肩を跳ねさせた俺だったが、そっと亜利沙が俺の手を握ってある場所まで連れていく。

「ちょっと姉さん？」

「誤魔化(ごまか)すのは頼んだわよ藍那」

「あたしがその役目したかったのにぃ！」

役目ってなんだよ……？

困惑する俺を亜利沙はそのままとある場所――掃除用具入れまで引っ張り、戸を開けるとそのまま中に入った。

通常の掃除用具入れに比べてそこそこ大きいため、二人で入っても狭くは……あるがぎゅうぎゅうというほどではない……ないのだが!!

「っ……亜利沙」

「ふふっ、こういうことをするのは初めてだわ……ドキドキするわね♪」

どうして君はそんなに楽しそうなんだい⁉

掃除用具入れの中は少しばかり暗いが、隙間から差し込む光と徐々に暗さに慣れてきたこともあり、目の前の亜利沙の表情がよく見える。

「誰かと思ったら藍那だったの？」

「一人で何してんの？」

「姉さんとちょっと秘密のお話をしてたんだよ。姉さんは今お手洗いだねぇ」

「ふ～ん」

「わざわざこんなところでねぇ」

どうやら入ってきたのは亜利沙と藍那のクラスメイトらしい。

バレたらどうする……どうなるんだと心臓がうるさいほどに脈打つのだが、更に今の状況が俺を追い詰め緊張させる。

（ヤバい……良い匂いと凄まじいほどの柔らかさが……うおおおおっ‼）

マズイ……心の中でも大声を出さなければ平常心を保てそうにない……いやこの時点で全然保ててなくないか……？

「隼人君」

一人考え事をしていたところ、亜利沙が更に体を密着させてきた。

背中に腕を回し、足を絡ませ……更にはその豊満で柔らかな胸を俺の胸元にこれでもかと押し付けることで、歪に形を歪めてその感触をダイレクトに伝えてくる。

「あ、亜利沙さん……その、もう少し離れてくれると助かるかなって」

「離れられるわけないでしょう？　うふふっ♪」

だからどうしてそんなに君は楽しそうなんだ！

楽しそうな亜利沙に追い詰められるように体の自由が奪われ、これはマズいと思って少し体を動かす――だがそれはこの場では悪手だ。

「なに？」

「何か音がしなかった？」

動いた拍子にドンと音を立ててしまったのである。

外から気配が近づいて冷や汗を掻いていると、藍那のフォローが輝いた。

「ちょっと～お化けでも居るって言うつもり？　というか二人は何か用事があってここに来たの？」

その藍那の言葉にクラスメイトはそういえばと声を上げた。

だが、それでもすぐに教室を出ていくことはなく藍那と言葉を交わす――そして、危機を脱したと言わんばかりに亜利沙が俺の耳たぶを舐める。

「お、おい――」

「れろ……っ……」

当然、まだ俺は声を出せないためこれを受け入れるしかない。

亜利沙はまるでスイッチが入ってしまったかのようにペロペロと耳たぶを舐め、次に首筋にその舌を這わす。

（……確かに亜利沙もエッチな一面はあるけど基本的に真面目な子だ……そんな子がどうしてこんなに……っ）

亜利沙と藍那も、俺たちの関係性を進んでバラすようなことはしないはず……だからこの行動には意図があるはずだ……こうすることで何かを誘発するような意図が。

それが何か必死に考えていた時、亜利沙はそっと囁いた。

「ねえ隼人君、今の私はとても悪い子じゃないかしら？」

「……悪い子だな」

「そうでしょう？　私はあなたに全てを捧げた女……私を好き勝手出来るのは世界でただ一人……あなただけよ」

「……それで？」

何が……言いたいんだ？

恥ずかしさを堪えるように顔を赤くしながらも、亜利沙はこう言った——まるで主人に罰を乞う使用人のように……俺を絶対的主だと言わしめるかのように。

「そんなあなたに私はこのような無礼なことをしたわ……さあ隼人君……いいえご主人様——どうかこのダメな女にお仕置きをしてくれませんか？」

「……亜利沙」

この時、俺は彼女の言葉を理解するのに数秒を要した。

俺にとって彼女はどこまで行っても大切な女の子……だからこそ、決して下に見るようなことは絶対にない……だというのに、目の前の亜利沙から放たれる空気はその全てを押し流し、彼女は俺の下にあるべき存在だと思わせる魔力のようなものを醸している……くそっ、この空気は俺をダメにしてしまう。

「隼人君……っ」

潤んだ瞳が俺を見つめたその時——暗かった空間が一気に明るくなった。

「はいそこまで〜。あの子たちはもう出てったよ？」

「あ……」

「……藍那」

戸を開いたのは藍那で、彼女が言ったように教室内には二人のクラスメイトの姿はなかった。

隠れる必要がなくなっても亜利沙は俺から離れず、藍那の存在を無視するように俺を見つめ……そしてチュッとキスをしてから離れた。

「あ～ズルい！」

目の前でキスをした亜利沙に続くように、藍那も俺の頰にキスをした。

……ったく、本当にどうにかなってしまいそうだったけど、なんとか乗り越えることが出来たみたいだ。

それからいつもの雰囲気を取り戻した後、そろそろ教室に戻らないととそう言って解散しようとした時だった。

「来月は私と藍那の誕生日ね」

「そうだねぇ……えへへ、また一つ歳を取るんだねぇ」

「……うん？　誕生日？」

あれ……誕生日ってあの誕生日だよな？

そういえば俺……亜利沙と藍那の誕生日を知らないな？　聞く機会がなかったのもあるけど、これは彼氏として失格では？

「隼人君？」

「どうしたの？」

「いや……あの、誕生日って……」

そこまで言うと、亜利沙が教えてくれた。

「そういえば全然そういう話はしなかったわね……私と藍那の誕生日は来月の五日なのよ」

「へぇ……」

つまり二月五日が彼女たち二人の誕生日……か。

二月五日……ふたご？　文字だけ見れば二人に合いそうな言葉が浮かんだけど、まあただの偶然だろう。

でも……そうかそうか誕生日かぁ。

「隼人君はいつなの？」

「俺は九月だよ。年齢だけなら年上になるのか……」

ちなみに俺の誕生日は九月十五日だ。

（つうことはつまり誕生日が近いってことだな……う〜む）

今まで女の子の誕生日を祝う機会なんてなかった……まあおめでとうくらいは少し話をした女子には言う機会はあったけど、プレゼントをあげるとかは……女子というか、母さんくらいしかなかったな。

「隼人君？　一緒にお祝いしてくれるだけで嬉しいわよ？」

「そうだよ。何かしようって思っちゃってるかもだけど……えっと、本当に大丈夫だからね？」

「…………」

いや……俺は二人に何かをしてあげたい。

この気持ちは誰に何を言われても変わらないだろう——さて、どうしようか。

▼▽

隼人が亜利沙たち姉妹の誕生日を知ってから数日が経った。

本日は土曜日ということで、隼人はいつものように新条家を訪れていた——ただ今日、亜利沙と藍那は出掛けているので家には居ない……さて、では彼の傍に誰が居るのかというと答えは簡単だ。

「ふふっ、本当に可愛い寝顔ですね」

亜利沙と藍那を産んだ母、咲奈である。

少しだけ日々の疲れが溜まっていたのか、ソファの背もたれに思いっきり背中を預けるようにして隼人は眠っており、そんな彼を咲奈はすぐ隣に座って見つめている。

「誕生日プレゼントですか……ふふっ、あの子たちが男の子に……それも恋人にもらう日が来るなんて……とても感慨深いものです」

急ではあったが、咲奈は隼人から連絡を受けた。

内容としては二人に何かプレゼントを用意したいからその手助けをしてほしいという咲奈からすれば可愛らしくもあり、元々分かっていることだが娘たちのことをしっかりと考えてくれている優しい想いが込められていた。

ちょうど本日、娘たちは仲の良いクラスメイトたちと遊びに行く約束をしていたのもあり、こうして隼人の願いを聞き届けたわけだ。

（……プレゼントですか。心が躍りますね……うふふ、少しだけ羨ましいなとも思ってしまいますが）

咲奈にとって、隼人は娘たちの彼氏であると同時に、自分にとっても既に大きな存在へとなっている。

助けられたその時から縁が結ばれ、娘たちを介することで隼人のことを知り……彼のために何か出来ることはないかと思うようになったのだから。

「……？」

その時、咲奈は下腹部に手を当てた。

久しく感じていなかった何か、忘れていた何かが脳裏を掠めたものの、気のせいかと再び隼人の寝顔を見つめる。

「娘たちは夕方まで帰ってこない……昼から出掛けてプレゼントを選びましょうか」

それまでは何をしようかと、咲奈は手持無沙汰になってしまった。

いつもなら娘たちが居なくても一人でのんびり過ごすのだが、こうして隼人が居るとどうも落ち着かなくなりソワソワしてしまう。

「これでは気になる男の子を気にしているみたいですね」

クスクスと笑いながら、かつて夫ともそうだったなと咲奈は思い出す。

しばらく懐かしい気持ちになっていた咲奈だが、ふと自分ももっと何か隼人にしてあげたいなと考えた。

「う〜ん……何かあるでしょうか」

娘たちの彼氏にここまでするような母親は居ないだろうが、やはり彼女にとっても隼人は特別なのだ。

「あ、そういえば……」

ピコンと、咲奈は閃いた。

そっと立ち上がって向かった先は亜利沙の部屋——家族なので部屋に入ることを咎められることはないし、亜利沙も藍那も特に気にしたりはしない。

部屋に入った咲奈の目に留まったのはメイド服……そう、亜利沙が以前隼人のために着たあのメイド服だ。

「隼人君は……こういうのが好きなのでしょうか？」

それはきっと本人に直接聞いたら顔を真っ赤にすること間違いなしだ。

亜利沙が突発的に着ていたあの状況ではなく、恋人の母親にこういうのが好きなのかと聞かれるのはおそらく誰だって嫌なはず……そこまで答えに至っていながらも、咲奈はちょっとドキドキしていた。

「……って私ったら何を……娘の買ったメイド服をジッと見つめて——」

亜利沙がこれを買い、隼人に披露したという話は聞いている。

それを見た隼人がとても喜んだということも聞いていたため、咲奈の中では隼人はメイド服が好きという認識が出来てしまっており、それなら自分も隼人を喜ばせたいとちょっぴり考えた結果——どうしてこうなったと言わんばかりの光景が広がった。

「……っ……ちょっと苦しいですかね？」

じゃじゃ～んと、メイド服に身を包んだ咲奈だった。

亜利沙も十分以上に似合っていたが、咲奈もかなり似合っている……もしかしたら彼女の持つ母性や包容力も相まって、亜利沙以上に奉仕精神を感じさせる佇まいとも言えるだろうか。

ただ……一つだけ問題がある。

それはたとえ亜利沙が用意した服ではあっても、彼女以上のバストを持つ咲奈のそれを包み込むには少々頼りなく……だからこそ純粋に窮屈だった。

「……着替えましょうか。私がこれを着ても隼人君に見せることなんて——」

「あれ？　咲奈さん、亜利沙の部屋ですか？」

見せることなんてないと、そう口にしようとした咲奈に神は悪戯をしたようだ。

寝起きなのか目元を擦りながら隼人は半開きのドアから顔を見せ、そしてメイド服姿の咲奈を見た瞬間に動きを止め、何回か高速で瞬きをした後に大きく目を見開く。

「さ、咲奈……さん？」

「っ……あ、あのこれは……その……えっと……」

ジッと見つめられ、咲奈はオドオドと視線を泳がす。

元々隼人がこういうのが好きなのかなと思い、それなら自分も着てみたいとなったわけだが……実際に見られるととてつもない羞恥に襲われた。

娘たちならばいざ知らず、こんなおばさんがこんな恰好をするなんて……きっと隼人からしたら気持ち悪い光景なんじゃないかと泣きたくもなる……それならば最初から着るなという話だが、隼人のことを考えると自然と体が行動に移していた。

「す、すみませんこんな恰好を――」

そう言ってすぐに着替えようとした……それこそ隼人が目の前に居るのに。

しかし――隼人は恥ずかしそうにしながらもこう言ったのだ。

「……めっちゃ似合ってますね。亜利沙が着てたやつみたいですけど、咲奈さんが着るとまた違った印象というか……とにかく最高です！」

おそらく隼人も突然のことにどんな言葉を掛ければ良いのか分かっていない。

それでも本心からその言葉が出ただろうことは咲奈にも分かったし、何より慌てながらもしっかりと言葉を届けようとしてくれるその姿に咲奈の心はときめいた。

「……ありがとうございます隼人君」

クスッと、自分が浮かべられる最大限の微笑みを咲奈は見せた。

亡き夫はこんな姿を見たらどんな反応をするだろうか……たぶん、隼人と同じような反応になるんだろうなと思うと咲奈は楽しくて、嬉しくて仕方がない。

（あぁ……隼人君と過ごすのはやっぱり楽しいですね。これも全部、あの時の出会いが齎

した縁でしょうか）

そこまで内心で呟いた時、少しだけ咲奈の心に暗い何かが宿る。

（羨ましい……え？）

何に……？

何に羨ましいと思ったんだと困惑する――これではまるで、隼人の愛を独占する亜利沙と藍那に嫉妬してるみたいではないかと咲奈は自分自身に唖然とした。

「咲奈さん？　どうかしましたか？」

「あ……」

スッと傍に近寄り、どこか悪いところでもあるのかと心配してくれる彼の優しさが嬉しかった……こうして近くで見ると、あのカボチャの隙間から見えた優しい眼差しは何も変わっておらず、あの時の彼と目の前の彼はやっぱり一緒だった。

「……ご主人様」

「……わっつ？」

「ご主人様、何かしたいことはございませんか？」

悪戯心が働いたのもあるが……それ以上に少しだけ咲奈の心は躍っていた。

今の自分はメイド服に身を包んでいるため、それは人に奉仕をする人間の姿をしているのと同じ意味を持つ……咲奈は隼人の役に立ちたい、その上で本当の母のように甘えてほしかった。

「さ、咲奈さん……その」

「何でも言ってください。なんだってしてあげますよ？」

そのまま咲奈は隼人の前に立った。

ドクンドクンと、大きく心臓が脈打つ……こんなことはダメだと分かっていても、娘たちを出し抜くことだと分かっていても、咲奈は己を止めることが出来ない。

頭を掻(か)いてソワソワする隼人の姿はとても愛らしく、それこそ助けてくれた姿や娘たちと向き合う紳士的な姿との絶妙なギャップを生み出し、それすらも咲奈の心をときめかせる……ただ、そこで一つのアクシデントが発生した。

パチンと、何か音がした。

それは何かが弾(はじ)けるような、強い表現を使うなら吹き飛んだような音だった。

「ぐはああああああっ!?!?」

「……え？」

次の瞬間、隼人が額を押さえて崩れ落ちた。

一体何が起きた？　まさか銃弾を額に受けた!?　なんてことを咲奈が考えてしまうほど

の見事な倒れ芸を披露した隼人だったが、すぐに咲奈は何が起きたのか分かってしまい羞恥に染まった。

「っ⁉」

その原因は咲奈の胸元だ。

ただでさえ窮屈だったその部分が限界を迎えたのか、思いっきり服がはだけてしまいあまりにも豊満な谷間が露出している……つまりこういうことだ――胸の部分のボタンが咲奈の豊満な胸に耐え切れず吹っ飛んでしまい、それが隼人の額に直撃したのだ。

咲奈にとって隼人はもはや自分の息子同然でもあるが、流石（さすが）に胸元を露出してしまっている状況は恥ずかしい。

「っ⁉」

胸元を腕で隠すようにするが、この程度で咲奈の豊満な胸元を隠すことなど不可能に等しく、むにゅりと卑猥（ひわい）な形に歪（ゆが）めてしまい逆にもっといやらしく見える。

しかしながら彼女にとって幸運だったのは、隼人が痛みに悶（もだ）えているので咲奈を見ていなかったこと……咲奈は自分の恥ずかしさよりも、隼人の心配を優先した。

「大丈夫ですか⁉」

「は、はい……大丈夫……です」

そんなに痛かったのかと心配する咲奈と、そんな彼女から視線を逸らそうとする隼人……まあ隼人の気持ちも理解出来る。

たとえ心配をしてくれる女神のような女性でも、その夢の詰まった大きな二つの塊をプルンプルンと揺らしていたら……それが付き合っている彼女ではなくその母親なので、視線を逸らそうとするのは全く以ておかしなことではない。

（……ドキドキしてくれているんでしょうか？　ふふ……本当に可愛いですね）

そしてまた隼人に対する悪戯心が芽生えたものの、彼が今日ここに来た本来の目的を思い出し咲奈は踏み止まるのだった。

部屋を出ていった隼人を見送り、咲奈はボタンの修繕に取り掛かる。

勝手に着てしまったこと……それも亜利沙は怒らないだろうが、流石にボタンの破損は怒ると思うので、咲奈は流れるような手付きで修繕を終わらせた。

「……本当に最近の亜利沙と藍那は楽しそうです。私もそうですけど、隼人君のおかげでどれだけ笑顔が増えたでしょうか」

ついそう言葉を漏らすほどに咲奈は明確にそれを感じている。

それから支度を整えて、咲奈は隼人と共に家を出た。

咲奈はとても優しい女性である。

それは隼人もそうだが娘たちもしっかりと理解している……だが、本人も意外と自覚していない隠された癖のようなものもある。

それは相手に尽くしたいと願う奉仕精神と、女の本能が求める愛……これは正に亜利沙と藍那の個性を総取りしたかのようなハイブリッドだ。

つまり、咲奈はどこまで行ってもあの二人の母親ということである。

そして極めつきは母としても寄り添いたいと考える純粋なまでの重たい母性愛……比重としては母性愛の方が圧倒的だが、これがこの先変わるかどうかは誰にも分からないことだ。

「…………」

「隼人君？」

「ひゃい!?」

っと……こんなんじゃダメだと俺は頭を振るう。

しかしどんなに忘れようとしてもさっきの光景が脳裏に浮かんでしまい、俺はその度にしっかりしろと頰をぺちっと叩く。

「……ふぅ」

無理やり体に痛みを与え、同時に深呼吸をすることで俺は落ち着いた。

「すみません咲奈さん」

「いえ……大丈夫そうなら良いんですよ？」

「大丈夫っす！　早速行きましょうか！」

これ以上咲奈さんを心配させるわけにもいかないので、本来の目的を果たすためにシャキッとしなければ！

普段の自分を取り戻すように、俺は咲奈さんと並んで歩く。

今回こうして一緒に出掛けているのは亜利沙と藍那への誕生日プレゼントを選ぶためなのだが、一応家で色々相談はしたもののこれだというのは決まらなかった。

『学生ならではとして、あまりお金の掛からないもので良いでしょう。私が出してあげてもいいのですが、それは違うでしょうし』

『そう……ですね。学生らしい何か喜んでもらえるものにしたいです』

そんな会話があったのだけど、学生らしいものって何なんだろうな……う～ん。

必死に考えるというのはオーバーではあるが、やはり俺にとって同い年の女の子に初めてあげるプレゼントなので仕方ない……う～ん。

「……すみません咲奈さん。俺さっきから内心でう～んって唸ってばかりです」

「ふふっ、娘たちのことで悩んでくれるのは嬉しいことです——そうですね……服だと一気に高くなりますし、アクセサリーはお手頃なものもありますが、あの子たちはそういったものにそこまで関心ないですし……そうなると……」

咲奈さんも頭をかなり捻って考えてくれているようだ。

こうなってくると俺よりも遥かに二人のことを知っている咲奈さんに任せた方が良いとは思う……でも、やっぱり何か俺自身が選びたいところだ。

「……う～ん」

「う～ん……」

咲奈さんと一緒に悩む俺……そこで少し気持ちを切り替える意味も込めて、俺は咲奈さんに一声掛けてからトイレに向かった。

「ふぃ～……」

完全にリラックスをしながらも、頭の中はプレゼントのことばかりだ。

しかしこうして気持ちを楽にしたのが良かったのか、あれが良いんじゃないかっていうのがいくつか浮かんだ。

「……簡単なものだけど、良さそうだよな」

頭の中に浮かんだもの、それは本当に簡単に用意出来るものだ。

早速咲奈さんに相談してみようと思って彼女のもとに戻った時、咲奈さんは大学生くらいの男に声を掛けられていた。

（……まあ確かに、そりゃそうなるよな）

俺が居なくなったことで手持無沙汰になってしまった咲奈さん。

ただでさえ美人な女性が一人暇そうにしていたら声を掛ける男が居てもおかしなことは何もなく、直近の藍那のことも思い出して流石親子だなと苦笑する……とはいえ早く向かわなくては。

「お待たせしました咲奈さん」

「あ、隼人君！」

一切怯えた様子もなく、大人の余裕を披露するかのように笑顔で咲奈さんは俺のもとに駆け寄った。

少々面倒なことになるかと思ったものの、相手の男は睨みつけては来たものの連れが居ると分かってすぐに去っていった。

「すみません。ちょっと離れた隙に……」

「いえいえ、全然大丈夫ですよ。でも……」

スッと咲奈さんが俺の裾を握った。

「別に恐怖を感じたわけではないんです。でも、あの時のことが偶にフラッシュバックすることがあって……まあ、あれは稀な出来事とは分かっているんですけど」

「遠慮なく頼ってくださいね？　今の俺は咲奈さんを守るナイトっすから！」

「……うふふ、はい♪」

ニコッと微笑んだ咲奈さんに、本当に心配はなさそうだと安心した。

(でもマジで可愛らしく笑う人だな。普段の様子が亜利沙だとしたら、微笑んだ時の表情は藍那に似通ったものがあるかな)

つまり何が言いたいかというと、この人は本当に凄い人だ……凄い人だ。

自分の語彙力の低さに苦笑しつつ、トイレの最中に思い付いたことを俺は咲奈さんに言ってみた。

「咲奈さん。プレゼントなんですけど……二人とも部屋にぬいぐるみを置いてるじゃないですか。亜利沙はともかく藍那は大量に」

「そうですね……あ、ということはつまり？」

俺は頷いた。

まあ二人とも可愛いものが好きなんじゃないかっていう安直な考えだけど、一番最初……それこそ高校生としてのプレゼントとしては中々良いんじゃないか？

「良いと思いますよ。亜利沙も藍那も昔はぬいぐるみを抱きしめていないと眠れなかったほどですから」

「あらそれは可愛いことで」

「ですよね。すっごく可愛かったんですよ」

それはそれは……機会があったら昔の二人の写真でも見せてもらおうかな。

プレゼントしたいものが決まったということで、早速ぬいぐるみ売り場へと向かう。

「……ふふっ」

「どうしました？」

「いえ、夫も昔にぬいぐるみをくれたことがあったなと。どんなものでも、プレゼントというのは嬉しいものですからね。きっと娘たちは喜んでくれるはずです」

うん、それなら安心だな！

グッと握り拳を作った俺を咲奈さんは微笑ましそうに見つめており、その眼差し（まなざし）は母さんを彷彿（ほうふつ）とさせるもので、咲奈さんとこうして買い物をするのは一種の懐かしさもある。

（でもそうか……咲奈さんもぬいぐるみをもらったんだ）

……ふむふむ。

その後、ぬいぐるみ売り場に着いた俺は物色を開始した。

「……ぬいぐるみって言ってもやっぱり色々あるな」

多種多様なぬいぐるみはもちろん、男の俺でさえ可愛いと思うものもあれば、こんなに値段すんのかよと目玉が飛び出そうになるのもいくつかある。

しばらく物色した後、俺は猫とウサギのぬいぐるみを手に取った。

「亜利沙は……少しツンとした部分があるから気まぐれな猫で、藍那は……別に理由はないけど可愛いウサギで良いのでは？」

猫はともかくウサギは……いやいや、発情とかそういうのは何も関係ない……関係ないったらないんだ。

そう自分に言い聞かせ、俺はぬいぐるみを三つレジに持っていった。

買い物袋を手に戻ってきた俺を咲奈さんは笑顔で迎え、また俺たちは揃って歩き始めた。

「良いのが見つかりましたか？」

「はい。結構可愛いのがありましたよ」

「それは良かったです。私も当日まで見ずに楽しみにしていますね」

それは……うん、是非楽しみにしておいてほしい。

「あ、すみません、もう少し買いたいものがあって」

「あら、そうなんですか？」

頷いて俺はここに来るまでに目星をつけていたお店に向かった。

そこに売ってあるのはリボン――亜利沙と藍那、二人とも髪を結ぶのにリボンを使っているからだ。

「お待たせしました！」

「全然大丈夫ですよ。それじゃあ今日はこれで？」

「はい。帰りますか……っと、その前に荷物を家に置かせてもらえると」

「分かりました。サプライズですからね。隠さないと♪」

まあ見つかったら見つかったで構わないし、何かを用意しているということはおそらく俺の態度からすぐに分かるだろう……だからこそ、何を渡そうとしているかくらいは気付かれないでいたいかな。

「最終的には隼人君が自分でプレゼントを決められましたね？」

「……あ〜、確かに言われてみればそうかも？　でも咲奈さんとこうして出掛けたからこそですよ。マジで感謝しています」

「良いんですよ。娘たちに喜んでもらいたい、そう思ってくれることが自分のことのように嬉しいんです。そして……隼人君と一緒に出掛けられて楽しかったです」

「そうですか？　ならまた一緒に出掛けましょうよ」

「本当ですか？　凄く嬉しいです♪」

この人は……本当に、本当に綺麗に笑う人だ。

嬉しそうに胸の前で手を重ねた咲奈さんから視線を逸らし、俺は恥ずかしさを誤魔化すように首の後ろを掻く。

その後、咲奈さんの車でまず自宅に戻って荷物を置き、それからまた新条家へと帰ってきた。

「あれ？」

「あら？」

新条家の玄関を開けた時、亜利沙と藍那の靴があるのを見つけた。

夕方に帰ってくるものとばかり思っていたのだが、どうも俺と咲奈さんが予想したよりも早く帰ってきたみたいだ。

「母さんおか……って隼人君？」

「え？　隼人君も？」

揃ってリビングから顔を出した二人、彼女たちはすぐに駆け寄ってきた。

「お母さんと一緒だったの？」

「あぁ。ちょっと一緒に買い物に行ったんだ……二人とも早かったな？」

「ええ、友達の一人が用事を忘れていたらしくてね。それで早めに解散したの」

あぁそれでなのか。

元々今日は会う予定がなかっただけに、亜利沙と藍那も俺の手を引っ張るようにしてリビングに連れていく。

ソファに三人揃って座った瞬間に、両腕を二人に取られた。

「何を買ったの？」

「日用品」

今の俺、完璧なポーカーフェイスだったと思う。

二人から視線を感じるものの、俺はただ前だけを見据えてそう答えた……その時、咲奈さんがクスッと笑ったかと思えばこんなことを言った。

「私と隼人君のお買い物デートでしたね。男の人に声を掛けられたんですけど、隼人君が助けてくれて素敵でした♪」

「……へぇ？」

「そうなんだぁ」

おや……？

何か空気が若干冷たくなってきたような……でも、今のデートという言葉にはドキッとしたけれど、咲奈さんからの助け舟であることは分かった。

（ありがとうございます咲奈さん）

後はもう誕生日が来るのを待つだけだ。

今から二人が喜んでくれる顔を想像するも良し、逆に一切想像せずにその時をジッと待つのも良し……あぁ不思議な気持ちだ。

俺の誕生日というわけではないのに凄く楽しみ……めっちゃ楽しみだ！

「お買い物デートねぇ……？」

「隼人くぅん～？」

「……おうふ」

でもまずは、少しだけ嫉妬してくれている二人をどうにか宥めるところから始めないといけないらしい。

五、幸せな誕生日……だがしかし

　二月五日、ついにこの日がやってきた。

　今日は亜利沙と藍那の誕生日ということで、夕方に新条家に向かってお祝いをする予定になっている。

　ちょうど今日と明日が休みということもあって、今日は誕生日を祝った後も一緒に居られるように新条家に泊まるつもりだ。

「……つうか絶対にバレてるよなぁ」

　今日が近づくほど俺はソワソワしていたし、その変化は今回のことに全く関係ない親友たちにも伝わっていたみたいなので、俺のことをよく見ている二人に気付かれないわけがない。

　それでも具体的なことは聞いてこなかった。

「……う～ん、やっぱり何度考えても感慨深いなぁ」

otokogirai na biji shìmai wo namae mo tsugezuni tasuke ittaidounaru

女の子の誕生日を祝う……それが本当に俺を不思議な気持ちにさせる。

ただ……こんな風に亜利沙たちのことを考えているのは最近のことだけれど、遊ぶ時間が減って寂しそうにしてくれる親友二人のことも脳裏を掠める。

「めっちゃ寂しそうっていうか、誘ってくれてるもんな……」

……いずれ、颯太か魁人の家に泊まりがけで遊びに行って埋め合わせするか。

朝まで寝ずにゲームばっかりやって過ごしてもいいし……それはそれで疲れるだろうが笑いの絶えない徹夜になりそうだ。

「さてと、買い物をとっとと済ませるか」

今日の本命は夕方から……なので今の俺は単純に家の買い物で出掛けている。

歯ブラシだったり洗剤だったり、入浴剤なんかがちょうどなくなりかけていたのもあって、その辺りの日用品を纏めて買うためだ。

「っ……さっぶ」

流石にまだ二月ということで冷え込みは凄まじい。

体の震えを堪えるように、首に巻いているマフラーを少しだけしっかり巻き付ける……でも当然こんなことで寒さを凌げるわけもない。

震えを堪えても歯はカチカチと音を立て……ってあれだよな。

上の歯と下の歯をくっ付かないギリギリを保とうとすると、カチカチ音を立てて止まらなくなるのがちょっと楽しいんだよな。

「さっさと買う物買って夕方に備えよっと」

それから俺はすぐに買い物を開始した。

まあ日用品は一つのスーパーであらかた揃うので色々な店を回る必要もなく、買い物としてはすぐに終了した。

両手に買い物袋を持ちながら歩いているとアイス売り場を見つけた。

冬に食べるアイスというのも中々乙なもので、俺はすぐに売り場に向かってチョコミントアイスを買った。

「あむ……うめぇ」

口の中に広がる冷たさとチョコの甘さ、そしてミントの味も絶妙に絡み合った最高の組み合わせ……次いでやはりこの寒さも一つのスパイスのように、いっそうチョコミントアイスの美味しさを引き立たせているようだ。

「うん？」

そんな風にアイスを食べているとスマホにメッセージが届いた。

誰かと思って見てみると送り主は藍那……なんだろう？

何気なくそれを見た時、俺は思わず咽そうになるほどに驚いた。

「お兄ちゃん……大丈夫？」

「大丈夫ですか？」

「あ、はい……全然大丈夫です」

アイスを買おうとしていた親子連れに心配されるくらいに、俺の驚きようは凄まじかったみたいで……というか、大丈夫って言ったのに小さい男の子はまだ心配してくれていた。

(ごめんよ少年……ごめんよお母さん……俺が咽そうになった理由は絶対に教えられないことなんだ！)

それもそのはず……だってこれだもん。

藍那のメッセージと共に写真が一枚添付されており、それは亜利沙の着替え途中の写真だった。

黒という大人っぽいレース下着が露になっており、亜利沙がカメラに視線を向けていないことからおそらく不意打ち気味に撮ったものだと予想した……うん、こんなのを見て咽そうになって親子に心配されてしまった……絶対に言えることじゃないだろ！

『見てみて！　姉さんったらこんなに凄いの着けてるんだよ！　えっちぃ！』

これはエッチだわ……ってそうじゃなくて！

俺はスマホを速攻でポケットに仕舞い、親子に改めて視線を向けた。

「マジで大丈夫っす！　心配させてしまってすみませんでした」

本当に大丈夫だと伝えるように笑顔を心掛けて頭を下げた。

男の子もお母さんもホッとしたような表情を見せ、見ず知らずの人間に対してなんて優しいんだと感動しつつも、自分があまりにも情けなくて泣きたくなってきた。

「……帰ろっと」

アイスを綺麗に完食し、俺は荷物を手に立ち上がった。

今は昼前……せっかくだし昼食も済ませようと思ってラーメン屋に足を向け、しばらく食べていなかったなと懐かしさに浸るように醤油ラーメンを啜った。

「あざっした～！」

買い物もしたし腹もいっぱいになり、俺は今度こそ家に帰ろうとした……のだが、どうも今日は亜利沙と藍那の誕生日前の試練ということなのか、決して見過ごせない光景を俺は見てしまう。

「佐伯……？」

そう、視線の先に居たのは佐伯だった。

ただ、一人ではなく二人——そこそこガタイの良い男……たぶん同級生くらいだと思うのだが、男子に腕を引っ張られるように路地裏に消えていった。

「あれ……マズそうか？」

そう口にした時、既に俺の足は路地裏に向かっていた。

何人か佐伯たちを目撃していた人は居たのに、みんながみんな見て見ぬフリをしていたのがかなりムカついたが、確かに進んで面倒ごとに関わりたいとは思わないか。

そもそも佐伯が付いていくことに同意した可能性もあるが、明らかに男子の腕を振り払おうとしていたのでその線はないはず……よし、行くか。

「……なんだ？」

走って佐伯が姿を消した場所に向かおうとした際、俺はある物を見つけた。

それは小さな子供なら目を向けるであろうお面屋さん……その中に、明らかに誰も買わないであろうカボチャのお面があった——俺が以前に買った被(かぶ)り物(もの)ではなく、ゴムで留めるタイプのただのお面だ。

（何だろう……めっちゃ圧を感じるんだが）

紫色のオーラでも出ているかのようにそのお面は俺を見ている。

目の周りの模様であったり色もあの被り物とほぼ同じ……俺は気付いたらお面を手に千

円札をレジに置いていた。

「お、お客さんお釣りが……」

「あ～……後でまた来ます！　急いでるんで！」

もしかしたら戻らない可能性も無きにしも非ずだが。

いまだに背中に呼び掛けられる声が聞こえながらも、俺は申し訳なさを胸に抱きつつ佐伯のもとへ——そして、どうしてこんなところに佐伯が連れてこられたのかがすぐに理解出来た。

「なあ佐伯さん頼むよ。俺、本当に佐伯さんのことが好きなんだ！」

「だから私にはそのつもりはないって言ってるでしょ⁉　学校でもしつこいし、今日だって偶然会っただけでこんなところに連れてきて！」

……あ～、なるほどそういうことかと俺は納得した。

今のやり取りは短かったものの、おそらくあの男子は佐伯と同じ学校の同級生……といったところか？

(何だろうな……やけにこういうことに縁があるのかもしれない。相手もかなりしつこそうだが……)

亜利沙たちの告白現場の時もそうだが、少し前の藍那の時も相手はすぐに退いた。

だがそんな彼らに比べてあの男子はかなりしつこいらしく、ガシッと佐伯の肩に手を置いて全く離そうともしない……それだけじゃなく、佐伯の言葉に一切の耳を傾けることすらしていない様子だ。

「他に好きな人が居るのか!? 誰なんだそれは――」

「しつこい! 仮に居たとしてあなたには何も関係ないよ!!」

「っ……なんでだよ!! クソおおおおっ!!」

嫉妬に狂った人間ほど醜いものはないが、こういった行動が更に相手を傷付け、自分に対して嫌悪感を抱かせることに繋がるのをあいつは理解していないのか?

とはいえ、まさか自分がこんな場面に立ち会うとは思わなかった……まあニュースでよくこういったいざこざは取り上げられるけど、それにしたって本当にまさかだ。

「ま、考えるのは後にするか――俺の元カノ、でも見て見ぬフリはしたくない。俺はそんな薄情な人間でいたくない」

俺はカボチャのお面を顔に付けた。

その瞬間、まるで意識が切り替わったかのように冷静になった……まるで新条家に強盗が入り込んだ時、彼女たちのもとに向かった時と同じ感覚だ。

「そこまでだ」

「っ……え？」

「な、なんだお前は……」

声を出すと、二人は……特に男子の方はビクッと体を震わせた。

佐伯が目を丸くして俺を見つめているのはともかく、男子の方もなんだこの変な奴はと思っているに違いない。

「一応話は最初の方から聞かせてもらった。相手が嫌がっているのに無理やりそうやって迫ろうとするのはやめた方がいいんじゃないか？　むしろもっと相手に嫌われてしまうぞ？　もしかしたらあるかもしれない、今後の可能性すら潰していることに気付かないのか？」

「部外者が口を挟むんじゃねえ！」

男子は唾を吐き捨てる勢いでそう叫んだ。

あぁそうだ……確かに俺は部外者で、このやり取りに口を挟む資格はないのかもしれない……だがこれはあくまで俺がやりたいからやっていることだ。

かつての知り合い……かつての元カノ……たとえ関係は薄くとも、すぐに終わった関係ではあっても、何度も言うが俺は見て見ぬフリはしたくない！

「そんな部外者に口を出されるようなことしてんじゃねえよ。その子が好きなら、なんでその子が嫌がることが出来る？　なんでそんな自分勝手なことが出来るんだ？」

そこまで言うと彼は佐伯から手を離し、俺を完全にロックオンした。

佐伯には早く逃げてほしいところだが、彼女は呆然としたままその場から動こうとせず、ジッと俺と彼のことを見守っている……もどかしいけど、確かにいきなりのことで体が動かないのも仕方ないか。

「うるせえ……ぶっ飛ばすぞてめえ！」

拳を振り上げるようにして彼は俺に近づいてくる。

このままだと確実に喧嘩になってしまうなと嫌な気持ちになるが、やはりこうしてお面を付けているせいか心はひどく落ち着いている。

さっきも思ったけど彼は体格が良いので喧嘩には自信があるのかもしれない。

「……はぁ、ったく面倒だな」

そう小さく息を吐くと、それが馬鹿にしているとでも思ったのか更に彼は俺を睨みつけ……そして一気にこちら側に踏み込んだ。

「危ない！」

悲鳴にも似た佐伯の声が響く中、俺は不思議なほどに冷静な頭で近くに落ちていた鉄パイプを手に取った。

誤解がないように言うと別にこれで殴るわけじゃないし、相手に怪我をさせるつもりは毛頭ない……ただの威嚇、相手の勢いを削ぐためのモノだ。

「はあああっ!!」

かつて剣道をやっていた時の気持ちを思い出すように、声を出しながら鉄パイプをその鼻先ギリギリに突き付けた。

「っ……」

流石にこうされたらビビるらしく、彼は一気に勢いをなくし動かなくなった。

鉄パイプを下ろしスッと近づくと、彼は俺を恐ろしい何かを見るようにしながら急いで走り去っていった。

「……そんな化け物を見るような目をしなくてもよくないか？」

まあでも、一先ずはこれで一件落着かな。

ふぅっと小さく息を吐いた時、示し合わせたように俺にお面を売ってくれたお店の人が走って現れた。

「ちょっとお客さん！　ちゃんとお釣りはもらってくれないと困りますって！」

「あ、えっと……はい。ごめんなさい」

やっぱりそうなります……よねぇ。

どうやらここに来るまでに色んな人に聞いて追いかけてきたらしく、それに関しては本当に申し訳なくて、俺はすぐに頭を下げて謝った。

なんだか今日は色んな人に謝ってばかりだ……ただ幸いだったのは、お店の人は別に怒っているわけではなかった。

「それじゃあこれで……お客さん、かっこよかったですよ」

「あ……」

手を振って店員さんは去っていった。

追いかけてきたとは言ってたけど、あの言い草だと最後辺りは見られていたのか……ま、そっちに関して今はいい。

あの男子が去ったことで残されたのは俺と佐伯……こちらから声を掛けようとした矢先に向こうが口を開いた。

「声でもしかしてと思ったけど……堂本(どうもと)君？」

「……うっす」

新条家での事件の時はともかく、お互いに喋(しゃべ)ったことがあるなら声だけで誰だか分かるよな確かに。

お面を外すと佐伯はポカンと目を丸くしたが、すぐに彼女は言葉を続けた。

「やっぱり堂本君だったんだ……あの、助けてくれて本当にありがとう」

「いやいや、良いってことよ。偶然見ちまったからさ……えっと、あいつは？」

「うん……その、同じ高校の同級生なの。一時期、ちょっと仲が良い頃があってね。それからあんな風になったの」

「へぇ……ストーカーとか？」

「流石にそこまでじゃないかな。でも今日は偶然会ってそのままここに連れてこられて……今までにこんなことなかったからちょっと焦っちゃった」

それからもう少し詳しいことを俺は聞いた。

ちょっと仲が良い時期というのは佐伯にとって少し話すことが多かった程度、決して特別な感情があったわけではなく、普通にクラスメイトの男子として接していただけというあまりにもありきたりなものだった。

「……まあ、私がいけないんだと思う。こんなことになる前にもっと強く、ハッキリと断っていれば彼も諦めてくれただろうし」

いやあれは流石に……でも、思ったよりも今の出来事に怖がっている様子もなくて安心した。

「どうしたの？　ホッと息を吐いて」

「いや……こんなところに連れ込まれたわけだろ？　だから心に傷でも負ったりしたんじゃないかって心配になったんだ」

相手は同級生だし、実際に手を出されたわけでもないから考えすぎか。

でも俺は間近で恐怖に震える女性を見てしまったから……あぁそうか、だから俺は真っ先に体が動いたのかもしれない。

ホッとした理由を伝えると佐伯は微笑んだ。

藍那に似て少しばかり派手な見た目ではあるが、奥ゆかしさを感じさせる微笑みに心を奪われる男子も居るんだろうな。

「その点に関しては大丈夫だよ。むしろ、ハッキリ強く言いなさいって天啓を与えられた気分だね」

「そっか。なら安心だ」

「……ありがとう堂本君。本当に心配してくれたんだ？」

「当たり前だっての」

そんな言葉を交わし、どちらからともなく俺たちは笑い合った。

いい加減にこんなジメジメした場所に居るのも嫌だったので、俺たちは揃って路地裏から通りに出た。

「……ふぅ」

「ちょっと待ってな」

ため息を吐いた佐伯を見た俺は自販機に急ぎ、温かい紅茶を買った。

「ほらよ」

「あ、ありがとう」

紅茶を佐伯に手渡すと、彼女は手を温めるように手の平で転がす。

俺も買っておいた自分の紅茶を飲みながら、冷える体を温めていく……って、何気に彼女と二人っきりになるのは本当に久しぶりだ。

「……中学校以来だね。こうして二人なのは」

「だな……って、同じことを考えてたよ」

「ふふっ、そっか」

お互いにゆっくりと紅茶を飲みながら、まずは気分を落ち着かせる。

そんな中で、彼女は俺の買い物袋とその中に仕舞われているカボチャのお面を見て当然の疑問を口にした。

「買い物の途中だったんだ……でも、どうしてカボチャのお面なの？　助けに来てくれたのは嬉しかったけど、正直最初は困惑の方が大きかったし」

「……あ～」

それに関しては……取り敢えず聞かないでくれると助かる。

黙り込んだ俺を見て佐伯は察したようにそれ以降はお面について聞いてこなかったが、代わりと言わんばかりにこんなことを聞いてきたのだった。

「堂本君、もしかして彼女さんとか出来たの？」

「……え？」

どうしていきなりそんなことを……ビックリした俺をジッと見つめながら佐伯は言葉を続ける。

「何となく……本当に何となくだけどね。私を守ってくれた目が、誰か別の人を見ているように思えたの。凄く優しくて、凄く思い遣りに溢れた感じでね」

「…………」

確かに……確かに俺は佐伯を助けた時、彼女たちを助けた時のことを思い出した。

しばらく考えた後、俺は頷いた。

「……あぁ。似たようなことがあったなって思い出した——その時はカボチャの被り物をしてたよ、お面じゃなくて」

「えっと……話が見えないんだけど？」

「ははっ、そりゃそうだよな」

当時の現場は洒落にならなかったけど、端的にあの時のことを話せばこんな風にもなるか……まあ思い出しても俺自身気分の良いものでもないし、詳しいことは話さないでおこう。

コホンと一つ咳払いをした後、俺は話し出した。

「彼女、出来たよ」

「そうなんだ」

「うん。本当に素敵な人がね……俺もまさか、ここまで誰かに夢中になるとは思わなくて……今は本当に毎日が楽しくて仕方ないんだ」

そう言って思い浮かべるのは当然、亜利沙と藍那の笑顔だった。

もちろん笑顔だけでなく、恥ずかしそうに照れる表情だったり、優しく俺のことを見つめてくれる視線だったり……そして何より、ドキドキさせられるエッチな表情も全部思い浮かべてしまう。

「堂本君は見つけられたんだね。心から傍に居て楽しくて、幸せになれる相手が」

「そう……だな。この巡り合わせには感謝しかない」

「あはは、もうベタ惚れじゃんか」

「ベタ惚れにもなるっての。それくらい素敵な子なんだ」

言っとくけど、亜利沙と藍那のことを語れと言われたら半日じゃ収まらないぞ。

話をしながらいつの間にか紅茶を飲み終えた佐伯は、最後にクスッと笑って立ち上がった。

「凄く素敵だと思うよ。今回助けられたこと、今大好きな人のことを想って喋る堂本君のことを凄く素敵に思っちゃった」

「もうよりは戻せないぜ？」

「あ〜！　そういうこと言っちゃうのぉ？　良いもん良いもん、堂本君より素敵な人を見つけちゃうもんね！」

「……くくっ」

「……えへへっ」

あぁ……これって付き合うとかそういう以前に、佐伯と仲良くなった頃を思い出すなぁ

……どうやら佐伯も同じようで、俺と同じように笑みが絶えない。

「いつか堂本君の彼女さんを見てみたいなぁ……機会があったらお願いします！」

「……分かった」

分かったと言ったもののその時は来ないような気もしている……俺と彼女たちの関係は

普通ではないし、佐伯にも言えるはずもないことだ……ちょっと残念には思ったけどな。

「って、そろそろ良い時間だね。私は——あ」

「おっと⁉」

その時、何もない場所で器用に佐伯は足を滑らせた。

俺はほぼ反射的に体を動かし、転びそうになった彼女を支える——付き合いたての頃は手を握るだけでも恥ずかしかったのに、やはり特別な感情がないからこそ彼女に怪我がないかの確認が先に来る。

「大丈夫か？」

「う、うん……ごめんね堂本君。私ったらおっちょこちょいで」

「気にすんな。祖母ちゃんとかよくそうなるから」

「ちょっと、それは私がお婆ちゃんみたいって言いたいのかな？」

「……何でもないです」

「よろしい」

あの〜佐伯さん？

今のギロッとした視線をさっきの奴にも向けたら万事解決だったのでは？　それくらい怖かったんだけど……取り敢えずどこも痛めたりしてないなら良かったと伝え、俺は佐伯から離れた。

「ねえちょっと良い？」

「うん？」

佐伯は俺の腕を触り始め、おぉっと声を上げた。

「ちょっと筋肉付いてるんだね。中学の頃とやっぱり違うね」

「あぁ最近筋トレしてるからだな。彼女を守りたいって気持ちでさ」

「わ～お、本当に大好きなんだねぇ」

「俺に語らせたら半日は止まらんぞ」

「流石（さすが）にそれは引く」

「あ、はい」

その後、佐伯とはすぐに別れた。

佐伯はお母さんに買い物を頼まれた途中とのことで、すぐに手を振って去っていった。

「……うん。やっぱ悪くないもんだな」

かつての元カノであり旧友……正直、もっと気まずくなると思っていた。

でも決してそんなことはなくて、俺も佐伯も今を受け入れ新しい日々の中で生きている
……そして何より、彼女は別れ際にこう言ってくれたんだ。

『そういえばさ。前に会った時、私たち楽しくなかったよねって言ったじゃん？　あれは堂本君と居ることがつまらないだなんて意味じゃないからね？　私は堂本君と過ごす時間が楽しかったよ』

　そんな言葉を残し、彼女は去っていった。

　一応今回のことはあの男子が同じ学校ということで気掛かりではあったものの、あの男子は体軀に似合わず小心者とのことなのであまり不安はないようだ。それでも最大限に気を付けるから心配はしないでほしいと言われた。

「……ま、後は任せるしかないよな。けど意外と佐伯も逞しいし、何とかなりそうな気もするな」

　さて、そろそろ家に荷物を置いてから新条家に向かうことにしよう。

▼▽

　それは本当に偶然見てしまった光景だった。

「……え？」

　彼が……隼人君が知らない女の子と楽しそうに話をしていた。

あの子は……誰？　同じ高校の人ならある程度顔を見たことはあるのでピンと来るけれ

ど、全く記憶になかったので彼女はおそらく……同じ高校の人ではない。

「姉さん？　どうした……の……？」

隣に居た藍那もその光景を見て固まった。

……ねえ隼人君、その子は誰なの？


私もまさかそんな光景を見ることになるなんて思わなかった。

今日は私と藍那の誕生日……隼人君にはただ祝ってくれるだけで嬉しいからとそれだけを伝えてたけれど、彼はどうも私たちのためにプレゼントを用意してくれているみたいだった。

あまり無理をしないでほしい……そうは思っても、やはり大好きな彼からの贈り物に期待を抱かないわけがなく、私と藍那は今日という日を心待ちにしていた。

「……誰なの？」

「……誰なの？」

ボソッと呟いた言葉は一言一句違うことなく重なった。

私も藍那もただ一点を見つめて視線を逸らすことが出来ない……そんな私たちに気付くことなく、隼人君はいつも私たちに向けてくれている笑顔を誰とも分からない女の子に向

けている。

「っ……」

分かっている……こんな場面を見ても怖がることは何もなくて、隼人君を疑うような理由こそない。

隼人君は私と藍那のことを第一に考えてくれているし、愛してくれていることも身をもって感じている……そもそも、学校でも他の女子と話をする姿は何度も見ている……それでもあんな風に……私たち以外に心からの笑顔を浮かべているのを見るのは……心が狭いと思われるかもしれないけれど、嫌だった。

「ねえ、あれは何をしてるのかな？」

「分からないわ……っ」

仲良く話をしているだけ……だったけれど、女の子が足を滑らせ体勢を崩した。

隼人君は慌てながらもしっかりと彼女を支えたが、何故かベタベタと隼人君の腕に触れる女の子……隼人君は拒絶することなくそれを許している。

「浮気……なわけがないよね」

「当たり前じゃないの。きっと知り合いなんでしょ」

浮気——それが断じてあり得ないことなんて分かっている……分かっているのよ。

でも……この胸に宿る嫉妬心だけは完全に抑えることが出来ない……隼人君の隣に居て良いのは私と藍那だけ……隼人君の特別は私たちだけ！

「あ、行っちゃった……」

　隼人君と話をしていた女の子は笑顔で去っていく。

　そんな彼女に隼人君も手を振り返し、買い物袋を両手に持って歩いていく……あの方角は私たち、そして隼人君の家がある方なのでたぶん帰るんだと思う。

「帰った後にうちに来るのかな？」

「たぶんね。私たちも買い物は終わったし、早く帰るとしましょうか」

　隼人君が来るまでに帰ろうと、私は藍那と一緒に帰路を歩く。

　その道中、私たちの口数は少なかった……いつもなら藍那がうるさいほどに話題を提供してくれるのに、今の藍那は別人……というほどではないけれど静かだった。

　しばらくして、ようやく藍那が口を開いた。

「……姉さん」

「なあに？」

　おそらく考えていること、胸に抱いている想いは同じだと思うので、私は出来るだけ優しい声音で聞き返す。

「あたしはね、何も不安に感じてないの。隼人君は離れていかないし、あたしたちを絶対に裏切るようなことはしない……もちろんその逆も然りだから——でも、どうしても胸にモヤモヤが残ってる」

「…………」

自分の胸を押さえながら、初めての感情に戸惑うかのように藍那は吐露した。

実を言うと、私も少し困惑というか……あぁ、嫉妬ってこういう感情なんだなと明確に思い知った気分だ。

藍那が抜け駆けをしたり、私を出し抜くようにコスプレをして隼人君に披露したりした時……その時も嫉妬はしたけれど、やっぱり相手が藍那だったからこそ簡単に抑えられたのは言うまでもない……あぁこれが嫉妬……心の底から抱く嫉妬がこれなのね。

「ねえ藍那、これが嫉妬なのね」

「……あ〜これが嫉妬なんだ。姉さんに抱いたモノとは違う明確な嫉妬……なるほどねぇ勉強になりますなぁ」

あら、思った以上に普通みたいで安心したわ。

それから藍那は普段の様子を取り戻した……けれど、やっぱり私たちの脳裏から先ほどの光景は離れてくれないようだった。

あの子は誰なんだろう……隼人君とどんな関係なんだろう……？

「ま、隼人君は素敵な人だもん。私たち以外にも……ってそんなの嫌だし！」

「私だって嫌よ……っ……やっぱりモヤモヤするわね」

結局、家に着くまでモヤモヤしっぱなしだった。

心配する必要がないなんてことを頭で分かっていても、僅かな心の隙間に入り込むかのように心配が掠めていく。

私よりあの子の方が良いの……？

私よりあの子の方が隼人君を満足させてくれるの……？

私よりあの子の方が……あなたの役に立つの……？

「はぁ……」

何度も言うが心配の必要はない……だというのに、気になって仕方なかった。

▼▽

「誕生日、おめでとおおおおおっ!!」

「二人ともおめでとう♪」

どんどんぱふぱふ～！

さて、やってまいりました二人の誕生日を祝う瞬間——つまり、二人が俺と同じ十六歳になったということだ。

（……感覚バグってたけど、十六歳でこのスタイルは……凄いよね）

俺の視線は嬉しそうにケーキを見つめる亜利沙と藍那……の胸元に集中した。

「美味しそう……っ！」

「ねえねえ、早く食べようよ！」

件の二人はそんな俺の視線に気付くようなことはなく、咲奈さんが買ってきたかなり豪華なケーキに夢中だ。

「……めっちゃ美味しそうですね」

「ふふっ、せっかくの誕生日ですからね。隼人君の時も買ってきますすよ」

「マジですか！」

おぉ、それは凄く楽しみだ！

それから俺たちは咲奈さんが切り分けてくれたケーキを食べる……のだが、チラチラと亜利沙と藍那の二人から視線を感じる。

（……なんだ？）

実は、今日ここに来てからやけにこのような視線を向けられる。

流石に気になったのでどうしたんだと聞いてみても、二人はいつも通りの笑顔を浮かべて何でもないと言うばかり……俺、何かしちゃったか？

「あむ……うまっ」

とはいえ、まずはこのケーキを楽しむことにしようじゃないか。

生クリームや生地も当然美味しいけど、とにかくケーキの頂点に居座っているイチゴがあまりにも美味だ。

「美味しいですか？」

「はい！」

大きく返事をすると咲奈さんはクスクスと笑いながらも嬉しそうだ。

「これ、本当に美味しいわ」

「うんうん。甘さもそうだけど、このイチゴが最高だよぉ♪」

俺だけでなく、亜利沙と藍那もこのケーキにご満悦の様子だ。

パクパクとケーキを食べ進める中、俺はこの後の展開を頭の中でシミュレーションしていく——それは当然、この後に控えるプレゼントの時間だ。

（普通に渡せば良いよな……？　そもそも二人は喜んでくれるかな……？　内心でこんなの要らないとか思われないかな……？）

絶対にそんなことはないだろうけれど、それでもそんなもしもが脳裏を過る。

そんな風に悩みはしても刻一刻とその時は近づき……そして、ついに俺が用意したプレゼントを渡す時がやってきた。

「私はここで見守っていますね。頑張ってください隼人君」

「……うっす」

咲奈さんにトンと背中を押され、俺は紙袋を持って二人の前に立った。

新条家に来た時に見つめられた視線は何だったのか、チラチラと見てきていたその理由は何なのか、気になることはあるけれど俺にとっては今ここが正念場だ。

「……改めて二人とも、誕生日おめでとう！」

「ええ、ありがとう隼人君♪」

「ありがと〜隼人君♪」

ニッコニコの二人に見惚れそうになるのもいつものことだが、俺は背中に隠していた二つの紙袋を差し出した。

「プレゼントとか気にしないでって言われてたけど、やっぱり用意したくなっちゃってさ――どうか、受け取ってほしい」

差し出された紙袋を見つめている二人は俺を再び見つめ、クスッと微笑んだ。

「……プレゼントを用意してくれていることは分かっていたわ。やっぱりこうして実際にプレゼントを目の前にすると……凄く嬉しいわね」

「うん♪　ねえねえ、開けて良いの？」

「おう！　……おう！」

ヤバい……俺今、もしかしたら人生で一番緊張しているかもしれん。

いや、流石にそれは言いすぎか……？　二人に告白する時に比べればこれくらい余裕だって言いたいのに……言いたいのに！　もう足の感覚がなくなるんじゃないかってくらいに緊張が凄まじいことになっている。

「これは……ぬいぐるみ？」

「それとリボンも……あ、色が！」

俺が二人のために用意したぬいぐるみとリボン……あはは、反応を見るに悪い反応ではなかったようで凄く安心した。

大事そうにぬいぐるみとリボンを胸に抱える二人を見ていると、やっぱり用意して良かったと思い、喜んでくれるかどうかの不安なんて必要なかったんだと思い知らされた。

「ありがとう隼人君！」

「ありがと隼人君！」

……あぁうん。

この笑顔を見られただけで俺はもう死んでも良いかもしれない。

「……俺もう死んでもいいや」

なんて、実際にそんなことを呟いた瞬間に二人が慌てるように声を上げた。

「ダ、ダメよそんなの！」

「ダメに決まってるじゃんか!!」

今にも天国に昇りそうだった表情の俺を、二人が肩を摑んでグラグラと揺らして踏み止まらせようとしてくる。

「ふふっ、青春ですねぇ♪」

咲奈さんにも微笑ましく見つめられながら、俺は二人に笑いかけた。

「絶対に二人を残してどっかに行ったりしないって。まあ流石に今のは言葉のチョイスが悪かったけどさ」

「もう、隼人君ったら」

「隼人君が居なくなったら生きていけないよ、あたしたち！」

流石にそれはオーバーでは……？

俺はそう思ったのだが、今の藍那の言葉からはとてつもないほどに確信めいた何かを俺に感じさせたし、傍に居る亜利沙の表情があまりにも真剣だった。

空気を変えるようにコホンと咳払いをした後、二人の目をジッと見つめ返した。

「俺さ、こういうプレゼントは用意したことがなかったんだ。だからどんな風に思われるのか不安だったけど、二人の様子を見て凄く安心した……めっちゃ安心した」

「隼人君……♪」

「えへへ、凄く嬉しいよ♪」

目の前で微笑む二人があまりにも愛おしく思えてしまい、俺は両腕を広げて二人をギュッと抱きしめた。

二人は俺があげたプレゼントを抱えているので背中まで腕が回ることはなかったが、その代わりと言わんばかりにしばらく俺から離れなかった。

（……もしかして気のせいだったか？）

さっきのあの視線の意味は一体……う〜ん、この分だと大丈夫な気もするが……一応気に留めておこう。

その後、俺から離れた二人は改めてプレゼントをジッと見つめていた。

そんな彼女たちを俺も見つめていると、今度は咲奈さんが紙袋を手に近づいた。

「私からはこれよ。今年はちょっと大人のレディを意識したプレゼントよ」

「……ほう？」

大人のレディを意識したプレゼント……何故か俺の方がそれは一体なんだと気になってしまった。

とはいえ、どうも亜利沙と藍那は察しが付いたらしくスッと中身を取り出し……そしてそれを見た俺がサッと視線を逸らすことに。

「っ……!?」

何故なら、二人が取り出したのは下着だったから。

俺は女性の下着について全くの無知ではあるが、かなり値段が張るというのは聞いたことがある……一瞬だけ見えたけど、うわぁ高そうだと漠然と思ったほどだ。

「ありがとう母さん」

「あはは、勝負下着だぁ！」

勝負下着!?

……チラッと、俺は下着を手にする彼女たちを見た……亜利沙が赤で藍那が紫……ザ・大人って感じの配色に少し……いや、かなりドキッとした。

俺と咲奈さんが渡したプレゼントずっと大事に抱えてくれる二人の前に立ち、改めて彼女たちにお祝いの言葉を届けるのだった。

「おめでとう亜利沙、藍那」

「亜利沙、藍那もお誕生日おめでとう」

二人はニコッと微笑み、俺の大好きな笑顔を浮かべてくれた。

「えぇ、ありがとう♪」

「うん！　ありがとう♪」

再び死んでも良いかもなんてことを考えつつ、プレゼントを部屋に置きに行った二人の背中を見送り、俺はもう一つ正念場だと気合を入れた。

「咲奈さん」

「はい。なんですか？」

おそらく……咲奈さんはこの後のことを何も予想は出来ていないはずだ。

その証拠に残された最後の紙袋を手に持つ俺を見て、彼女は目を丸くしている。

「実は咲奈さんにも用意していたんです。誕生日とかそういうのじゃないですけど、普段のお礼をしたかったので」

「……えっと……私にもですか？」

「はい」

咲奈さんに渡したぬいぐるみは狐だ。

大人の女性に対するプレゼントとしてはちょっとアレだけど、昔に旦那さんからもらったというのを参考にさせてもらった。

ぬいぐるみをジッと見つめていた咲奈さんは、亜利沙たちと同じように大事そうに胸に抱え微笑んだ。

「……ありがとうございます隼人君。とても……とっても嬉しいです♪」

亜利沙と藍那同様に、咲奈さんの笑顔も強く俺の思い出の一つに刻まれた。

それからはお祝いの余韻に浸りながらも時間は過ぎ――そして、寝る部屋が亜利沙の部屋に決まった後、俺は亜利沙と藍那に追い詰められていた。

「二人……とも？」

「……どう？」

「……似合うかな？」

早速二人は咲奈さんからプレゼントされた下着を身に着けて披露していた。

暖房がきいているからこそ寒さとは無縁の部屋の中、それでも冬だから服を着ろだなんて言葉が封殺されてしまうほどに、俺は二人が放つ雰囲気に呑まれかけている。

（な、なんでこうなったんだ……？）

そもそもさっきまで普通に会話をしていたはずだ。

そしたらいきなり示し合わせたように服を脱ぎ出し、下着姿となって彼女たちは俺に迫り始めたんだ。

四つん這いで距離を詰める彼女たちから逃げるように後退しても、彼女たちはジリジリと距離を詰めてくる……そして、ついに壁際に背中をぶつけた。

「っ……!?」

「隼人君」

「逃げないでよ」

顔をゆっくりと近づけ、彼女たちが耳元で囁く。

少しだけ暗さを感じさせる声音と、耳に吹きかけられた息に背中が震え、ゾクッとした感覚に俺は包まれる。

（この目……さっきの――）

そう考えた時には既に、そっと二人の体が密着していた。

暑い……それは部屋の中……熱い……これは俺たちの体……そこまで温度の変化はないはずなのに、逆上せてしまいそうになるほどの熱を感じている。

「隼人君、何かしてほしいことはない？」

「隼人君、あたしにもっと触ってよ……ねえ？」

再び二人が俺の耳元で囁き、俺の手を同時に握りしめ……そして彼女たちの持つ豊満な胸元へと誘った。

下着の柔らかな質感だけでなく、その上から感じる二人の膨らみ……むにゅっと手が沈んでいくその感触は一気に理性というタガを外していく……だが、俺はそこで逆に冷静になって二人にこう言った。

「……何かあった？　何か……えっと……とにかくどうしたんだ？」

俺が違和感を持った彼女たちの目と、どこか切羽詰まったような二人の何かを感じたからこそ、俺はこう言葉を口にしていた。

俺の問いかけに二人はハッとしたような顔になりながらも、決して俺から離れることはなく……その……喜んだ方が良いのか慌てた方が良いのか……ずっと俺の両の手は彼女たちの胸に触れている。

「……そうね。隼人君はいつだって私たちの心配をしてくれるものね」

「……うん。あたしたち、思った以上に焦ってたのかな？」

「それは……亜利沙？　藍那？」

そこでようやく、二人は俺から離れた。

ただ離れたとは言っても手を少しでも伸ばせば届く距離で、彼女たちは下着姿のままちょこんと座っている。

「改めて……どうかしら？」

「ねえねえ似合う？」

普通の私服が似合う？　みたいな質問とはあまりにも違いすぎるが……少なくともここで答えないと男じゃない！　何となくそんな気がした。

「凄く……凄く似合ってるよ。とてもエッチで可愛くて……二人の魅力を惜しみなく発揮してる感じかな……ごめんいつも思ってることだわこれ」

言葉にしてみて分かった……これ、いつも俺が思っていることだと。

それでもこの場の答えとしては合っていたらしく、二人は顔を赤くしながらも溢れんばかりの笑顔を浮かべた。

「やったね姉さん！」

「母さんに感謝ね、これは」

笑い合う彼女たちを見ていると、それだけで幸せを感じる。

でも服は流石に着てほしいなって思うんだけど……どうですかね、お二人さん？

「二人とも……そろそろ服を着ない？」

「それもそうね」

けど。

男心としてはもう少し見ていたい気持ちがないわけじゃないけれど、あれ以上あんな恰好をされたら色々と……ねぇ？　アレがアレになって大変なことに……もうなりかけてた

お、素直に服を着てくれるみたいだ。

「お披露目は済んだしねぇ」

「……ねえ隼人君」

「う〜ん？」

一旦落ち着いたことに息を吐いていると、着替えながら亜利沙が俺を呼んだ。

「今日……日中は何をして過ごしたの？」

「日中……」

今日の日中の話となると日用品の買い物だが……その後に俺は佐伯に会った。

そこで一悶着あったわけだけど、流石に彼女たちに元カノと会っていたなんて伝えるのはどうなんだ？　やましいことがあったわけでもないので隠す必要もないけど、まあ別にこれは伝えなくても良いことだよな。

「買い物をしただけだよ。日用品が色々足りなくてさ」

「それだけ？」

「それだけだな」

「…………」

「……どうした？」

「何でもないわ」

「何でもないよ～♪」

……そうか？

一瞬……空気が重くなった気がしたというか、だがそれも一瞬で全く気にならなくなったのも確かだった。

こうして今日という日が過ぎて、二人の誕生日が終わる。

今日が俺にとっても大切な思い出になったのは言うまでもなく……これから何年経ったとしても、ずっと一緒に祝いたいと俺は強く願った。

「隼人君、私はずっと傍に居ても良いわよね？　あなたの役に立ちたい、ずっとずっとそれを願っても良いのよね？」

「隼人君、あたしもずっと傍に居て良いよね？　どこかに居なくなったりしない？　そんなこと絶対にないよね？」

「当たり前だろ？　俺はずっと二人と一緒に居るよ。そう誓ったんだから」

そう伝えると、二人がまた笑ってくれた。

電気を消して横になった後、俺は暗闇の中だからこそ気付かなかった——二人の目が、

俺が気になったあの目になっていたことに。

六、初めての嫉妬と不安

otokogirai na biji
shimai wo namae
mo tsugezuni tasuke
ittaidounaru

「……はぁ」

静かな自室の中で亜利沙(ありさ)はため息を吐く。

最近の彼女は間違いなく幸せの真(ま)っ只中(ただなか)……だというのに、こうして浮かない顔をしているのはどういうことか――理由は単純、隼人(はやと)のことだ。

「……隼人君」

ボソッと彼の名を呟(つぶや)く。

彼が傍に居たならばきっとどうしたんだと声を掛けてくれ、それだけでなく亜利沙を安心させるためにギュッと強く抱きしめてくれるはずだ。

「……ふふっ♪」

それを想像すれば仮に彼が傍に居なくとも、亜利沙は自然と笑みを浮かべられる。

しかし……すぐにまた、はぁっとため息を吐く――脳裏に蘇(よみがえ)るのは隼人と一緒に居たあの女の子……そして、誤魔化すように答えを濁されたことだ。

「……はぁ」

ため息は吐けば吐くほど幸せが逃げていくと言われている……それは亜利沙も重々理解しているというのに、何度も何度もため息が出てしまう。

意識せずにもう一度ため息を吐こうとした時、藍那が部屋に入ってきた。

「藍那？」

「お邪魔するね姉さん」

部屋に入ってきた藍那はベッドに腰かける亜利沙の隣にそっと座った。

亜利沙は特に何も言うことなく藍那を受け入れ、藍那も亜利沙に何かを話しかけたりすることはなく、二人で虚空を見つめながらただ時間だけが過ぎていく。

しばらくそんな状態が続いたが、痺れを切らした子が居た——藍那だ。

「うがあああああっ！　姉さん！」

「ちょっと⁉」

ぐわあっと襲い掛かるように、藍那が亜利沙に飛び付いた。

その勢いに押されて亜利沙は押し倒されてしまったが、決して文句は言わずに藍那の好き勝手にさせている……それどころか、やれやれとお姉ちゃんの顔になって彼女の頭を撫でた。

「……姉さん」

「どうしたの？」

さあお姉ちゃんになんでも話してみなさい、そう言わんばかりに亜利沙は微笑みながら藍那を見つめ、藍那はそんな亜利沙に覆い被さるように重なり、胸に顎を置くようにして口を開いた。

「……隼人君のことなんだけど」

「……あ〜」

隼人の名前が出たことで、亜利沙はやっぱりかと苦笑した。

やはり最も近しい二人だからこそ、同じ瞬間に同じことで悩むのも双子故というところだろうか。

「姉さんも同じだと思うけど、何も心配が要らないことは分かってるんだ……分かってるのに、あの光景が中々頭から離れてくれないんだよね」

「……そうね。私も一緒よ」

よしよしと、小さな子を慰めるように亜利沙は藍那の頭を撫でる。

亜利沙の優しさに浸るように、豊満な胸元に顔を埋めながら藍那はこう続けた。

「隼人君はあの時、買い物をしただけって言ったけど……あたしたちは全部見ていたから知ってる……何もなかったわけじゃないのにね」

「…………」

亜利沙と藍那はあの瞬間を目撃している……だからこそ、あの日の隼人が買い物だけをして過ごしたわけじゃないことを分かっているのだ……けれど、隼人が何もないと言ったから二人は特に追及はしなかった。

隼人が何もなかったと言ったら何もない……そう納得して理解していたのに、それでもやっぱり気にしてしまうのは自分たちが隼人の彼女だからだ。

「隼人君を前にすると今まで通りの私たちだわ。でも……ちょっとだけ焦りは出ているのかもしれないわね」

「それは……ちょっとあるかなぁ？　あたし、如何にして隼人君をもっと夢中にさせようかなってずっと考えちゃうくらいだし」

ペロッと舌を出し、お茶目に藍那はそう言ったが亜利沙はジト目を向けた。

「そんなことを言って……今よりも夢中にさせるを通り越して、如何に既成事実を作ろうかって魂胆でしょ？」

「あ、バレちゃった？」

てへっと、今度はコツンと頭を叩くオプションもセットだ。

それからも亜利沙と藍那は隼人のことについて延々と話していたせいか、喉が渇いてしまい飲み物が欲しくなった。

お茶でも飲もうかとリビングに向かうと、咲奈がいた。

「あら、どうしたの？」

目を丸くして見つめてきた咲奈に喉が渇いたからと説明し、二人は冷蔵庫からお茶を取り出して喉を潤す。

冬の寒さに体が震えそうになるが、暖房のおかげでそれも軽微だ。

喉が潤い体が冷え、同時に頭も冷えるので冷静になるのは自然の理……つまり、また亜利沙と藍那はため息を零した。

「隼人君のことかしら？」

「っ……」

「ぶふっ!?」

見透かしたかのような咲奈の指摘に、亜利沙は我慢出来たが藍那は思いっきり飲んでいたお茶を吹いた。

吹き出す瞬間の藍那の顔はお世辞にも乙女のものとは言えず、あの咲奈がお腹を抱えて笑ってしまうほどに、藍那の顔は凄まじかったようだ。

「普段のあなたたちを見ていたら何も心配はなさそうだし、そもそも隼人君を見ていたら心配すること自体が失礼にさえ思うけれど……これもまた、彼氏という存在が出来たからこその悩みなのかしらね」

「……そうなのかしら」

「……そうなのかなぁ？」

だが確かにそれはありそうだと二人は納得した。

今までに好きな異性が出来たことはなく、付き合った経験もない……ありとあらゆる全てが初めてなのもあるが、とにかく二人の抱える隼人への想いが大きすぎるのもあるだろう。

本来であれば彼氏が別の女性と楽し気に過ごしていればモヤモヤを抱え、嫉妬するのは当たり前だ。

亜利沙と藍那は隼人に対し絶対的な愛と信頼を抱いているからこそ心配はないのだが、もしかしたらという不安が彼女たちの心に渦巻いてしまい、揺らぐことのない絶対の信頼の中に僅かな不安が同居しているせいでややこしくなっているわけだ。

「今の内にたくさん悩んでおくと良いんじゃないかしら。あなたたちに万が一がないことは確信しているけれど、そうやって悩めるのも今だけかもしれないものね」

「出来ることなら悩みたくないよぉ……」

「ふふっ、それが恋というものよ♪」

大人の余裕と抱擁力を醸し出しながら咲奈は藍那を抱き寄せ、そして亜利沙にも腕を広げて来なさいと手招きをする——亜利沙は藍那に続くように、ゆっくりと咲奈のもとへ向かい抱擁を受け入れた。

「まあ仮に何かあったとしても隼人君のことは任せなさい。私があなたたちの代わりに幸せにしてあげるから♪」

「っ……何を言ってるのよ！」

「隼人君を幸せにするのはあたしたちだもん!!」

母の温もりに浸っていた二人も、流石にその言葉には我慢出来なかった。

実の親を親の仇でも見るかのように睨みつけた亜利沙と藍那だが、今の咲菜の言葉が自分たちを鼓舞するものであることにも気付いている。

（……母さんが言うとシャレに聞こえないわね）

（……お母さんが言うとシャレに聞こえないよ）

咲奈を警戒し、考えることはどこまでも同じ……やはり二人は双子だ。

クスクスと楽しそうに笑う咲奈に背を向け、再び亜利沙の部屋へと二人は戻ってきた。

「姉さん」

「なに？」

「今日一緒に寝てもいい？」

「構わないわよ」

お許しが出たことに藍那は嬉しそうだ。

そのままベッドに横になりしっかりと布団を掛けて温まる中、藍那はニヤリと笑って亜利沙の胸元に手を忍ばす。

「なによ……」

「えへへ……前もこういうことあったよねぇ」

モニモニと亜利沙の胸を揉みながら藍那は言葉を続けた。

「こうやってさぁ……このおっぱいみたいに柔らかく考えなよって言ったことがあったじゃん？」

「あったわね、そういえば」

「あの時と一緒だよ。難しいことは考えず……いつも通りのあたしたちでもっと攻めれば良いんじゃないかな!?　あたしたち以外の誰も付け入る隙がなくなるくらいに、隼人君がもっともっとあたしたちに依存しちゃうくらいにさ！」

　そう言う藍那は楽しそうではあったが、どこか焦りのようなものは隠せていない。

　藍那に胸を揉まれながらそう言われた亜利沙もまた、少しばかり考えることがあったのか目を閉じた。

（私も藍那と同じよ……もっともっと、隼人君には私たちに夢中になってほしい。頼れるのは私たちだけだと、そう言えるくらいになってほしい……なにより、あなたの世界を占めるのが私たちだけであってほしい）

　分かり切っているほどに彼女たちの重たい想い……それはいつ如何なる時も隼人だけに向けられ、彼からの愛だけを求め同時にこちらも与えたいと願うもの。

「藍那」

「なに？」

　暗闇の中、姉妹の視線が交差する。

「私とあなたは隼人君のことを心の底から愛してる……だからこそ、彼の迷惑になるようなことはしたくない……けれど、もっと我儘（わがまま）になっても良いかもしれないわね」

「そう……だよね！　もっとあたしたちは我儘になっても良いよね！」

　もちろん隼人が迷惑に思わない程度にだ。

それからしばらくは不安を忘れるように隼人との思い出話に花を咲かせ、ちょっとエッチな話にも入っていく。

「姉さんは隼人君とエッチしたいって思わない？」

「思っているに決まっているでしょうが」

藍那の問いかけに亜利沙は目をカッと見開いて即答し、藍那も藍那で何を想像したのか頬を赤くする。

「あたしだってそうだもん……必死に我慢してるんだよ？」

「まだ高校生だものね……まあでも、隼人君が求めてきたら拒む理由はないわ」

「うんうん♪　すぐさまお股を開いちゃうもんね！」

「言い方が下品よ藍那」

「ごめんなさい♪」

悪気の一切ない藍那に亜利沙は苦笑し、明日に響くからと目を閉じた。

こうして姉妹が二人で眠る時、それは何か不安なことがあった時や落ち着かない時に見られる光景であり、隼人が傍に居たら絶対に見逃したりはしないはずだ。

あの女は誰……そう聞ければすぐに収まることなのに、やはりこういった状況が初めてなのと同時に、絶対にあり得ないが覗き見でもしていたのかと言われて嫌われるのを恐れている……そんな複雑な乙女心に亜利沙と藍那は悩まされていた。

（……隼人君、好きよ）

（……隼人君、大好きだよ）

心の中ではどこまでも信じているのに、どうしても拭えない不安がある——重たい愛情を持つが故に、少しだけめんどくさい女の子たちだった。

「そろそろあの時期が来るぜ兄弟」

「おうそうだな兄弟」

「…………」

自分の席に座ってボーッとしながら、俺は親友たちの会話に耳を傾けていた。

そろそろやってくるあの時期……それは二月十四日——バレンタインの日、それは特別な意味を持った日だ。

「今年はチョコもらえるかな……」

「いくつもらえっかなぁ！」

「いくつ……？　お前、いくつももらえるってのか⁉」

「チョコ……あの子からのチョコが欲しいぃいいい!!」

っとまあこのように教室の中は結構騒がしいことになっており、男子は女子にアピールしているが、それを微笑ましく見つめる女子も居れば単純にうるさそうにしている女子も居て……とにかく、ちょっとした混沌だった。

「隼人は誰かからもらう予定あるのか？」

「以前にちょこっと話をしていた……新条妹とかあったりするのか⁉」

「ちょ、ちょっと近いから離れろ！」

グッと顔を寄せてきたので、俺は思いっきり手を颯太の顔面に押し付けて押し返す……のだが、颯太は全く諦める様子がないので魁人に助けを求めた。

「ったく、おい颯太。仮に隼人が誰かからチョコをもらったとして、俺たちはそれを良かったなって言うべきだろ」

おぉ、持つべきものは友達だな――。

「なんてな……おい、どうなんだよ隼人！」

……前言撤回、お前も颯太と同じかよ魁人！

「まあ……もらえたら嬉しいよな」

おそらく……いや、ほぼ確実にチョコはもらえるだろうことは確信している。

相手は当然亜利沙と藍那……そして咲奈さんもかな？

『チョコ、期待しててね』

『愛情たっぷりのチョコを作るからね！』

バレンタインは数日後だが、つい先日こんな嬉しい言葉を伝えられていた。

本当に昔……母さんにチョコのお菓子をもらったのと、中学生の頃に佐伯(さえき)を含むクラスメイトから小さいチョコをもらったことがある——ちなみに、佐伯とはその時付き合ってなかったので当然義理チョコだ。

（でも今年は違う……違うんだ！）

颯太たちに気付かれないように下を向く……たぶん今の俺、めっちゃにやけてる。

昨日のアニメはどうだっただの、バラエティ番組はどうだっただのと盛り上がる二人は俺の様子に気付かず、それが今はとてもありがたい。

（……でも……でもなぁ）

ただ……そんな風ににやけるのも当たり前、あまりにも楽しみなバレンタインというイベントを控えている今……俺は少し気になっていることがある。

「……すまん、ちとトイレ行ってくるわ」

「あいよ～」

「漏らすなよ～」

余計なお世話だ、そう言って立ち上がり教室を出た。

「……はぁ」

小さくため息を吐く。

どんな小さな悩み事だとしても、彼らは気付くだろう。嬉しいことに俺のことをよく見てくれている……だからこそ、あんな風なやり取りをしている最中でもすぐに表情を変えて俺のことを心配するはずだ……それにありがたさを感じるが、あまり心配は掛けたくないというのが本音である。

「……ま、トイレってのも間違いじゃねえが」

トイレのために教室を出たのも間違いじゃないが、本命の目的は別にある。

彼女たち……亜利沙と藍那がいつも過ごしている教室を横切る時、窓からその中がチラッと見えた。

「……居た」

多くの友人に囲まれて彼女たちはそこに居た。

何を話しているのかは流石に分からないけれど、仲の良い友人が多いのは知っていたし、あの笑顔を見るに二人も楽しそうだ。

そう……俺が気になっているのは彼女たちのことなんだ。

二人の誕生日を終えてから……俺の気のせいというのも考えられるが、どこか落ち着きがないようにも見える。

『もっと隼人君の役に立ちたいの……』

『もっと隼人君とイチャイチャしたいよ……』

言葉だけなら俺のことを想ってくれている……嬉しいことに違いない。

でも……でもどうしてか分からないけれど、二人が焦りを抱いているようにも俺は感じていた。

「……う〜ん」

トイレに到着し、解放的な気分で一人の時間を堪能する。

その間、やっぱり俺が考えるのは彼女たちのことだけ……トイレを済ませ、教室に戻る途中にまた彼女たちをチラッと見る。

「……あ」

その時、亜利沙と視線が交差した。

学校ではお互いに関係性を黙っているため、他に人の目があるところで恋人同士がやるようなやり取りをすることはない……だが、この時は彼女が俺にウインクをしてくれた。

「……ははっ」

こういう仕草をされると、今悩んでいることが無駄なものなんじゃないかと考えてしまうが、こういう時に感じたものはよく当たる……そんな気がするからこそ気のせいで済ませたくはなかった。

かといって二人にそれとなく聞いてみてもはぐらかされるし……いやマジで俺の考えすぎなのか？

「……って、やべ⁉」

あと一分ほどで授業が始まることに気付き、俺はすぐさま駆け足で教室へと戻った。

それからも、ふと気にし始めたら思考の波に捕まってしまうがごとく、俺は何度も何度もこのことを考え……それは学校が終わってからもずっと続いていた。

「……何かしちまったかな……？　いや、何もしてないはず……だよな？」

今の俺にとって、亜利沙と藍那はとても大切な子だ。

まだ十六歳のガキの戯言と思われるかもしれないが、これからの未来をずっと共に歩きたいと考えるほどに大切な二人……そんな二人を悲しませるようなことをするつもりはないし、何よりした覚えすらない。

「どうしたの？」

「いや……何か彼女たちにしたのかなって……うん？」

待て、俺は今誰と会話をしている？

学校からある程度離れたが今日は一人で帰ってたはず……だが現に今、俺の背後には誰かが居る気配がある……というか、俺がこの気配を間違えるわけがない。

振り向こうとしたその時、目の前が真っ暗になり、それと同時に背中にふんわりマシュマロの柔らかさが伝わってきた。

「だ〜れだ？」

「…………」

正直、この問題はあまりにも簡単だ。

声だけでも分かるし、何なら背中に伝わる柔らかさでも……は流石(さすが)に言いすぎと言いたいけれど、彼女たちに限って言えば何故(なぜ)か分かってしまうあたり、自分が少し怖いんだけどな——まあ、ここはスッと答えて株を上げるとしよう！

「亜利沙だよな？」

「……スッと答えられたわね？」

「声だけですぐに分かるよ」

「そう……そうなのね♪」

嬉しそうな声の彼女……亜利沙は俺の前に回り込んできた。

てっきりこういうことは藍那の専売特許と思っていただけに、亜利沙もこんなことをするんだなと少し意外に思った。

「藍那は？」

「友達とカラオケに行ったわ。私はこのまま帰ろうと思ったんだけど、大好きな彼氏を見つけたら声を掛けたくなるのも当然でしょ？」

そう言って亜利沙はまた可愛らしくウインクをした。

亜利沙から視線を外して周りに目を向けると、やっぱり俺たち以外にうちの生徒は見当たらないので、それならと一緒に帰ることにした。

元々今日の放課後は何も約束をしていなかったので、急遽ではあるが亜利沙と過ごしても良いかもしれないな。

「なあ亜利沙……ちょっと一緒に過ごさないか？」

「もちろんよ。むしろ私からお願いしようと思ってたもの」

「そっか」

「ええ♪」

ま、仮に誰かに見られたとしても誤魔化しは容易だ。

そもそも初詣の時、彼女の友人らが俺に一切気付かなかったほどなんだ……ちょい悲しいけど、そんな感じだから大丈夫だきっと。

（……もう少し歩いたら聞いてみるか）

最近、どうしたんだと……そうストレートに聞いてみよう。

俺たちは目的もなくブラブラと歩き、今だからこその話題でもある、あのことを亜利沙が口にした。

「もうすぐバレンタインね。隼人君は楽しみかしら？」

楽しみか、そう聞かれて俺は大きく頷いた。

彼女が居ない年ならまだしも今年は今までとは違う！　なので気にしてしまうし期待するし、何より楽しみなんだよ！

「めっちゃ楽しみだ。二人がチョコを……くれるってことだし？」

「……ふふっ、本当に楽しみにしてくれているのね」

「おう！」

グッと握り拳を作ると、亜利沙はクスッと笑って俺をジッと見つめた。

微笑ましく見つめるような、或いは優しく見守るような……咲奈さんとは言わないまでも、あの人を彷彿とさせる包容力を視線だけで感じさせてくるのは流石としか言いようがない。

「今日……家に来る？」

「約束してないけど……良いのか？」

「もちろんよ。そもそも、私たちは恋人同士だし約束がなくたって構わないわ」

そんな風に言ってくれるのは凄く嬉しいことだ。

ただすぐに帰るのではなく喫茶店にでも寄ろうかという話になり、俺としても色々と聞きたいことがあったのでちょうど良かった。

（よし……ここで聞くとするぜ！）

内心でそう意気込んだ俺だったのだが……そこであっと亜利沙が声を上げる。

なんだ？　誰か知り合いでも居たのか？　それとも藍那が？　なんてことを思いながら亜利沙が視線を向ける先を見た時――俺は思わず動きを止めた。

「あ……」

何故ならそこに居たのは佐伯……友人と仲良く歩く彼女の姿があったからだ。

（……うん？　亜利沙がなんで？）

そこで少しだけ冷静になって考えてみた。

見間違いかもしれないと思い、改めて亜利沙の視線を追う……やっぱりそこに居るのは佐伯で、亜利沙がしっかりと佐伯を見ていることはハッキリと分かる……だがそうなるとどういう接点なんだって話になるわけだ。

「亜利沙……どうした？」

「……何でもないわ」

何でもない、そう言って亜利沙は俯いたが……何でもないわけがない。

どうするか……くそっ、こういう時に自分の察しの悪さというか、亜利沙が抱える何かにすぐ気付けない自分が嫌になる……いや、今はマイナスに考えても仕方ないな。

「取り敢えず喫茶店に――」

「堂本君？」

近くに喫茶店もあることだし、今すぐそちらに向かおうとしたらこれだ。

まあこの場合はどちらが悪いとかそういう話ではなく、単純に間が悪いだけ……声の方向に顔を向けると、佐伯が不思議そうに俺を見て……そして亜利沙を見た。

「おっす佐伯……」

「うん。こんにちは堂本君……そちらはもしかして？」

そこで佐伯は何かを察したようにポンと手を叩いた。

基本的に誰にも物怖じすることがあまりない亜利沙ではあったが、佐伯を前にした彼女はやはりいつもと比べて様子がおかしい。

「亜利沙……？」

「ねえ堂本君、そちらが前に話してた彼女さんなのかな？」

その問いかけを受け、俺は佐伯を見つめ返しながら頷く……すると、亜利沙はかなり強い力で俺の制服を引っ張った。

「あ……その……ごめんなさい」

「いや……謝る必要はないけど」

本当にどうしたんだ……？

亜利沙の様子に首を傾げる俺だったが、そこで佐伯が口を開く――俺と亜利沙から視線を逸らさず、真っ直ぐに見つめながら。

「ごめんね？　楽しい時間に水を差しちゃったようで……その、堂本君とは中学の同級生なの。先日、クラスメイトの男子に路地裏に引っ張り込まれちゃってね。その時に彼が私を助けてくれたの」

「……え？」

佐伯の言葉に亜利沙がポカンとした。

ゆっくりと俺に顔を向けた亜利沙は、更に続きが気になるかのように再び佐伯へと視線を戻し、そんな亜利沙の様子に佐伯は苦笑しながら言葉を続けた。

「それもあって久しぶりに話が弾んだの……その時に足を滑らせて堂本君にまた助けてもらうようなこともあったけど、彼女さんのこともその時に聞いたよ。大切な子だって、ずっと一緒に居たいって……優しい表情で堂本君は話してくれたの」

「……そうだったの？」

「え？　あ、あぁ……」

佐伯の言葉を肯定すると、亜利沙は相変わらずポカンとした顔だったが、徐々に表情の固さが取れていくようだった。

どこか安心したようにホッと息を吐く様子を見せた亜利沙は、そっと聞き逃せない言葉を口にした。

「そうだったの……あの時見たのはそういうことだったのね」

「あの時……って⁉」

ちょっと待ってくれ……あの時ってなんのことだ？

困惑する俺を余所に佐伯がクスクスと肩を震わせるように笑い、今の俺たちに起きているすれ違いに終止符を打ってくれるのだった。

「何となくそうなのかなって思ったよ。彼女さんはたぶん、偶然あの日の私たちを見たんじゃない？　それでもしかしたら何かあるのかも、みたいなことを勘繰ったんじゃない？」

　亜利沙は顔を赤くしながら、少しだけ瞳を潤ませて頷いた。

　そんな亜利沙の表情を見た時、俺はマジかと驚いたが……それ以上に亜利沙だけでなく藍那にも大きな罪悪感を抱いた。

（俺……亜利沙と藍那に嘘吐いちまった）

　そもそも元カノのことだし、進んで話す必要はないと思っていたが……あの時のことを見ていたとしたら俺は嘘を吐いたことになる。

　勝手に気を遣って余計に不安にさせたのか。

「ごめん……亜利沙。俺、あの時嘘を――」

「良いのよ全然。そもそも、何もないって分かってたもの！」

「お、おう……」

あ、あれ……？　いきなりさっきの雰囲気が嘘のように今は自信たっぷりだ。

見る人全てを魅了するかのような端整な顔立ちを喜びに満ち溢れさせ、花のような良い香りを漂わせるようにグッと顔を近づけた亜利沙に、俺は佐伯が傍に居ることすら忘れてクラクラしてしまいそうになる。

「あはは♪　お似合いだねぇ二人とも、これは傍に居るだけでアチアチだ！」

だあああああもう！　取り敢えず情報を整理する時間をくれ！　落ち着く時間を俺は求む!!

「やっぱりそうよね……！　何も不安に思うことなんてなかったんだわ……っ！」

「あ、亜利沙さん？」

ブツブツ言いながら亜利沙は俺の腕を抱きしめ、それだけでは留まらず頬を肩に押し付けるようにしてスリスリと擦り付けてくる。

佐伯はおろか、街中で学校の連中に見られるかもしれないのに……今の亜利沙は周りの目が一切気にならないようだ。

「こんなに可愛くて綺麗な彼女さんが居たら、堂本君があんな風に言ったのも凄く納得かも。絶対に離さないようにね？」

「分かってるよ……ありがとう佐伯」

「何のお礼かな？　それじゃあね」

手を振って佐伯は友人らのもとに戻り、それからはもうこっちに目を向けることなく歩いていった。

佐伯を見送った後、改めて喫茶店に向かう。

冷えた体を温めるように紅茶を頼み、甘い物も欲しいということでケーキも注文した

——そして、あの日のことについて話すことに。

「亜利沙は……見てたんだ？　藍那も？」

「えぇ、偶然見てしまったのよ。仲良さそうに話をしていて、転びそうになったあの子を支えて……その後に腕を触らせたところもね」

「…………」

これ……客観的に見たら浮気現場と思われてもおかしくはない。

もちろんそうでなかったのは確かだし、俺のことを二人が信頼してくれていたからこそ拗れなかった……でも最近の様子がおかしかった理由が判明して心の澱が消えた気分だった。

「実はさ……」

「なに？」

これならあのことを伝えても良いかな……そう思い言葉を続けた。

「あの子……佐伯愛華って言うんだけどさ。中学の頃、付き合ってた子なんだ」

そう告げると、亜利沙は少しだけ驚いたように目を丸くした。

テーブルの上に置いていた俺の手に彼女の手が重なり、話の続きを促すのと同時に気負

わないでと暗に伝えられている気分にもなった。

「佐伯が言っていたことは何も間違いじゃなくてさ。名前は出してないし、恋人が二人居ることも伝えてないけど……本当に大切で、この先をずっと一緒に過ごしたいってことを伝えた形かな」

「……そうだったのね」

「それで……えっと、誕生日の夜のあの質問になるわけだけど……今の恋人に元カノの話題はどうかと思ってさ。元カノとは言わずにもっと別の言い方があったのかもしれないけど、変にややこしくさせないための嘘が二人を不安にさせたんだな？」

「それは……」

さっきは全然良いなんて言っていたけど、結果的に俺が彼女たちを不安にさせたんだ……何かあるんじゃないのか、何か隠したいことがあるんじゃないかって……そう思わせてしまったんだ。

「マジでごめん……誓って何もなかった、それだけは信じてほしい」

そう伝えると、重なっていた亜利沙の手がギュッと握りしめてきた。

「こちらこそごめんなさい。大丈夫だと自分に言い聞かせても、心のどこかでは気になって仕方なかった……それが隼人君に気にさせてしまったから」

……これはあれだ。

お互いにどちらかがこの話を終わらせないと延々とループしてしまいそうだ。

「変に拗れなくて良かったなって思うことにしよう……まあ、俺たちにそんな心配はないだろうけどな！」

「隼人君……ふふっ、そうね！」

誤解……と呼べるほどのものではないけど、これで最近感じていたモヤモヤは解消ってことで良いんだよな？　亜利沙の様子からもいつもの彼女に戻っているので、本当にもう大丈夫そうだ。

「……でも」

「どうしたの？」

「不安になった二人がいつもより傍に居ようとしてくるところとか……めっちゃ良かったなって個人的には思ったりしちゃったり……？」

「……もう隼人君ったら」

実はそんなことも考えた瞬間があったんだよな……俺の突然の告白に亜利沙は呆れたような顔になったが、次の瞬間には少しだけ挑発するような……それこそ、男を誘う遊女のような表情を浮かべた。

「言っておくけど、私と藍那は常に隼人君のことを考えているわ。もしも理性を取っ払って思いのままにあなたと生きることが許されるなら……私はずっと、あなたに繋いでもらうわよ？　私という存在はあなたのために生きる……未来永劫、魂の隷属を望むほどにあなたに繋いでもらうから」

「っ……」

それは正に挑戦的な言葉だった。

雰囲気も言葉も、彼女の表情も全てが俺を圧倒してしまうほど……だというのに、俺はそんな彼女から齎された全てが嬉しいと思ったんだ。

「……亜利沙は俺だけのものだ。いずれ必ず、逃げられないように繋いでみせる」

「あ……あぁ♪」

俺の言葉に亜利沙は恍惚とした表情を浮かべ、今この時は真面目な新条亜利沙はもうそこには存在しなかった。

その後、喫茶店を出て新条家へと向かった。

藍那にも話しておきたいので一石二鳥だけど……本当に、本当に拗れなくて良かったと心からそう思う。

(二人に嫌われたら……なんつうか……生きていけないかもな)

なんてことを考えてしまうくらいに、俺はもう彼女たちの色に染まっている。

それはもう隠せない事実であり、二度と捨て去ることの出来ない感情でもあった。

▽

「もうすぐバレンタイン……だねぇ」

友達とのカラオケを終え、一人寒空の下をあたしは歩く……そんな中、考えるのは数日後に控えたバレンタインのことだ。

今まで異性にチョコをあげたことはなかったけれど、大好きな隼人君のために心を込めてチョコは作るつもり……もちろんただ作るだけじゃなくて、色々と悪戯……コホン！　楽しい時間を提供したいし、あたしも堪能したいって思ってるの！

「……隼人君……かぁ」

隼人君……堂本隼人君、あたしにとってとっても大事な人で愛している人……許されるなら、今すぐにでも彼の子供が欲しいほどに……孕みたいほどにあたしは隼人君のことを愛してる。

隼人君のことを思うと下腹部がきゅんきゅんして疼いちゃう……恋人になる前から凄かったけど、最近は更に凄くなっちゃって……もう本当に大変！　心だけでなく体までが隼人君を求めてるんだから！

「……はぁ」

でも……最近、ちょっと悩み事がある。

それは隼人君と仲が良さそうにしていたあの子についてだ。

「……気にしないようにしても頭から離れてくれない……もう！　隼人君の様子からその必要はないって分かってるのに！」

嫉妬……そして不安。

姉さんとも話したけど、あたしがまさかこんな感情に悩まされる日が来るなんで想像も出来なかった……でも、それだけ隼人君のことを想（おも）ってるって証（あかし）なんだ……そう思うと少し胸の内が温かくなる。

「あぁもう！　こんな時は寝る前に隼人君と電話して幸せな気持ちになろっと！」

その前に……えへへ、隼人君のことを考えて気持ち良くなっちゃおうかな♪

僅かに残るモヤモヤを胸に抱えながら家に帰ると、まさかの展開が待っていた。

「……あれ？　隼人君の靴？」

玄関を開けてすぐ、あるはずのない隼人君の靴を見つけた。

これは一体……そう考えているとリビングの扉から隼人君が顔を出した——あたしは彼

を見た瞬間、すぐに靴を脱ぎ捨てて駆け寄った。

「隼人君！」

「おっと……」

胸元に飛び込むだけでなく、ギュッと背中に腕を回して抱きしめた。

しばらくこのまま……絶対に放したくないと言わんばかりに強く、強く抱きしめてあたしは隼人君の匂いに包まれる。

「甘えん坊だな」

「これがあたしですぅ！　でも……どうして？」

「あぁ。実は――」

どうやら下校中に姉さんに会い、その流れで家に来ることになったようだ。

そしてここからがあたしにとって重要なこと――隼人君と仲が良さそうだったあの女の子について教えてもらい、その日にあったことを全部聞くことが出来た。

「そ、そうだったんだ……はぁ！」

事の真相を全て知った時、とてつもないほどに安堵していた。

やっぱり何も心配する必要はなくて、隼人君はあたしと姉さんのことを一番に考えてくれていることを再認識出来たから。

「そっかぁ……あの子が元カノさんだったんだね」

「あぁ」

「少し話したけれど礼儀正しい人だったわ。機会があったら……そうねぇ、中学生時代の隼人君について聞いてみたいところだわ」

「あ、それ良いねぇ！　あたしもちょっと気になるかも！」

「恥ずかしいからやめれい！」

あたしと姉さんの企み（たくら）に隼人君が顔を真っ赤にして拒絶反応を示す。

えぇ〜良いと思うんだけどなぁ……まあでも、彼氏が嫌がることをするのは彼女として失格だろうし、ここは隼人君の意思を尊重しなくては！

「亜利沙、ちょっと手伝ってくれる？」

「分かったわ」

夕飯の準備をしているお母さんに呼ばれ姉さんが離れた。

隼人君と二人になったのを良いことに、あたしはそっと隼人君に寄り添って彼の腕を抱く……隼人君はこうやって腕を抱きしめられるのが好きみたい。

こうやって強く、おっぱいの間に挟み込むようにして抱くのが好きみたいなの。

「っ……」

「どう？　柔らかくて温かくて最高でしょ？」

そう問いかけると、隼人君は照れながらも頷いた。

そんな彼の様子に可愛いなぁと思いつつ、この照れ顔をもっと赤くさせてしまいたいと悪戯心が芽生えてしまう。

「今回のこと、何もなかったし杞憂だったわけだけど……それでも数日間はモヤモヤしちゃった……ねえ隼人君——あたし、いっぱい甘えても良いよね？」

「……おう」

「えへへ、わ〜い♪」

それじゃあお言葉に甘えて甘えま〜す♪

夕飯が出来るまで、あたしはとにかく隼人君に甘えた……でもその最中、あたしはまた別のことを考えていたんだ。

(何があっても隼人君はこうしてあたしたちを笑顔にしてくれる……でもね？　それはあたしたちが隼人君にしてあげたいことでもあるんだからね？)

あたしたちは隼人君のおかげで今を笑って過ごせている……でもそれは、もらうばかりではなく、あたしたちもあげたい幸せの形だ。

隼人君の身に何か起きた時、辛い何かがあった時に寄り添ってあげたい……そう姉さん

と一緒に考えていることなんだから。

「……まあでもまずは——」

「うん？」

「バレンタイン……楽しみにしててね？」

「あぁ。楽しみにしてる」

数日後に控えたバレンタイン、その日は思い出に残る日にしてあげなくちゃ！

エピローグ

otokogirai na biji
shimai wo namae
mo tsugezuni tasuke
ittaidounaru

「……やべえ、めっちゃ緊張してる」

　二月十四日、バレンタイン当日だ——学校が終わった後、ちょっと寄り道をしてから新条家を訪れていた。

「……にしても今日は騒がしい日だったなぁ」

　バレンタインということで学校は朝からかなり騒がしかった。

　男子はチョコをもらえるかとソワソワし、女子は義理チョコならともかく少し気になる男子にあげられると、きゃーきゃー騒ぎ……まあ、バレンタインならではという感じだった。

「颯太と魁人もテンション爆上げだったしな……」

　クラスメイトの女子から義理チョコをもらい、天にも昇るほどに喜んでいたし、俺ももらったチョコがたとえ義理チョコであっても嬉しいものは嬉しかった……だが、俺にとって今日の本命はこれからだ。

ごくっと生唾を飲み込み、インターホンを鳴らす。

音が鳴ってすぐにバタバタと中から足音が聞こえ、玄関が開いて亜利沙が顔を見せた。

「いらっしゃい隼人君」

「お邪魔します！」

つい先日、軽いすれ違いがあったとは思えない笑顔に心から安心する。

亜利沙に連れられてリビングに向かうと、チョコレートの甘い香りが俺の全身を包み込むように出迎えた。

「あ、いらっしゃい隼人君！」

「おっす藍那」

中に居たのはもちろん藍那。

彼女はボウルに入ったチョコをかき混ぜており、エプロン姿も非常に似合っているが何より、顔に付いてしまっているチョコが藍那の持つ天真爛漫さを演出しているかのようだった。

「彼女が俺のためにチョコを、バレンタインチョコを作ってくれている……あぁ、こんなに嬉しいことなんだなぁ」

「ふふっ、まだ食べてないのに大袈裟よ？」

「あはは♪　もう少し待っててね～！」

　それから俺は二人がチョコを作る光景を眺めていた。

　ジッと見ているだけでも退屈しないのは確かだったけど、暖房がよくきいているのもあってか段々と眠たくなってきた。

　それでもどうにか眠らないようにと抵抗を続け、そして次に気付いた時――俺は妙な感覚の中で意識を取り戻した。

「……？」

　何かが口の中に入っている……しかも妙に甘いぞ？

　これは……チョコ？　ぼんやりする意識の中で徐々に目を開くと、顔を赤くした亜利沙が俺の前に立っていた……って⁉

（な、何してんねん！）

　そう心の中で強くツッコんだ。

　それでも咄嗟に口の中にあるものに気付き、俺は絶対に噛んで傷付けないようにと冷静に振る舞う――俺の口の中にあるのは亜利沙の指……そう、彼女は自分の指にチョコを塗りたくって口の中に入れている。

「……可愛い」

なんですか？　俺は指をチュパチュパ吸う赤ちゃんとでも言いたいのか？

……まあでも、何だろうこの感覚……案外悪くはないなと思いつつも、自分が高校生であることを思い出しすぐに口から指を離した。

「もしかして……寝てた？」

「三十分くらい寝てたわね。ぐっすりだったからちょっと悪戯しちゃったわ♪」

俺にとってはとても恥ずかしい悪戯だったけど……ま、良いか！

でもこうして亜利沙がここに居るということはもしかして終わったのか？

「隼人君起きた～？　あなたに渡すバレンタインチョコ、完成したよ♪」

「っ!?!?!?」

「わわっ、凄い勢いだ！」

チョコ、その言葉に俺は速攻で藍那の方に体を向けた。

満足そうに笑顔を浮かべる彼女の手元には二つのチョコが用意されており、その二つともがハートの形をしている。

「まあ私たちが作るとなると、形はこうなるわよね」

「うんうん。ハートって一番分かりやすい愛の形だもんね！」

「……おぉ」

歓喜というか、感動の声が漏れ出た。

ホワイトチョコのデコレーションでＬＯＶＥの文字も書かれてて……あぁ、これが彼女からのチョコなんだと今にも涙が出そうだ。

「……くぅ！　泣くと甘いチョコがしょっぱくなっちまう！」

「ふふっ、そこまでなの？」

そこまでだよ！　それくらい嬉しいんだよ俺は！

もちろんチョコはこの二つだけでなく、小さなクッキーもいくつか作られており、これはたっぷり堪能出来そうだ。

見た目と香りが食欲を誘うのはもちろんだが、夕方前ということで小腹が空いているのも大きい。

「はい♪」

「どうぞ♪」

二人はハート形のチョコを差し出し、俺はそれを感動しながら受け取った。

夕飯に響かない程度の大きさというのもあって、これなら二つとも一気に食べてしまっても問題はなさそうだ。

まあ、もしも学校で受け取っていたらあまりの嬉しさと勿体なさですぐにご馳走とはいかなかっただろうけど。

「あむ……ふむ……うん!?」

う……美味い！

たかがチョコ、されどチョコって味なのは間違いないが……今まで食べてきたどんなチョコよりも美味しいと絶対的な自信を持って言えるほどに、二人が作ってくれたチョコは美味しかった。

「えへへ、満足してくれたみたいだね？」

「ええ……初めてだったものね。異性にチョコを作ったのって」

「うんうん♪　隼人君があたしたちの初めてだね！」

「ええ！　隼人君は私たちの初めての人よ！」

……これ、変な意図はないんだよね？

笑顔溢れるこの空間の中、こういうことを考える俺の方が汚れているのかもしれないなと、そう思って食べることに集中した。

「いや……マジで美味い！　恋人からのチョコ最高!!」

グッとガッツポーズを作るように、俺は拳を天に掲げた。

そんな俺を見て亜利沙と藍那がクスクスと微笑み、彼女たちに見つめられながら俺はハート形のチョコを二つ完食した。

クッキーに関しては三人で食べ……そして、ここに来て藍那がこんな提案を俺にした。

「ねえねえ隼人君。もう少しチョコ余ってるけど食べる？」

「え？　まあ……二人が作ってくれたものならいっぱい食べたいけど」

この際、夕飯のことは後で考えれば良いよな！

頷いてみせると亜利沙と藍那も頷き……うん？　何をするんだ？　ジッと見つめている俺を余所に、まず藍那がこう言った。

「これもまたサプライズみたいなものだし、ちょっと目を瞑っててくれる？」

「……分かった」

なんだ……なんだなんだ何をするつもりだ？

目を閉じたことで得られる情報は嗅覚と聴覚のみ……まだリビングにはチョコの香りが残っているのでこれがヒントだったりするのか？

「ちょっと冷たいわね」

「ま、結構時間を置いたからねぇ……っとくすぐったい！」

「私だって同じよ……でもちょっと恥ずかしいわ」

「何を言ってるの姉さん！　隼人君に喜んでもらうためだよ！」

「隼人君のため……そうね！　恥ずかしがってなんていられないわ！」

冷たくてくすぐったくて恥ずかしい……？

今、俺の脳裏ではある想像が浮かんでいる……でもそれは流石にない！　こんなことが現実であっていいはずが……いやでも亜利沙と藍那のことだから急にそれが現実味を帯びてきたんだけど。

「よし、こんなもんかな？」

「そうね……隼人君、もう目を開けて良いわよ」

「……おう」

何度も言うが想像通りになるはずが……そう思いながら恐る恐る目を開くと、目の前に広がった光景に俺はしばらく呆然とするほかなかった。

「…………」

おそらく、今の俺は口をパクパクと閉じたり開いたりしていることだろう。

何故なら……何故なら目の前に立つ二人は服を着ておらず、その綺麗な肌の上にチョコを塗りたくっていたからだ——ちなみにこれ、俺が今考えていた想像通りだったので一瞬妄想と区別が付かなかった。

「な、何してんねん!!」

……まあこうやってツッコミを入れるのは至極当然のことだ。

慌てたように後退する俺に二人はジリジリと近づいてくる……ドンと背中を壁にぶつけたことで俺は逃げ場を失い、二人はゆっくりと……ゆっくりと近づいてくる。

「これが最後のサプライズだよん♪」

「そ、そうよ……っ！　ほら隼人君！　舐めとってくれないと私たちは一生このまま服を着られないわ！」

「なんでだよ!!」

いやほんとになんでだよ！

目の前の二人は体にチョコを塗っている……しかも狙っているんだろう主に胸元を中心にだ。

大きな胸の谷間にドロッと流れているだけではなく、先端を隠すようにも塗られていて……とにかく！　とにかくそんな刺激的な光景が広がっていたわけだ。

「っ……」

つい視線を逸らしたが、本当に彼女たちは俺が行動しないとその場を動かないだろうことが容易に理解出来てしまい、チラッと時計を確認する——あと少ししたら咲奈さんが帰ってきてしまう時間なので、それも更に俺を追い詰める要因になった。

「ほら隼人君。いくら家の中は暖かいって言っても、女の子二人をいつまでも上半身裸にさせるのはどうかと思うなぁ？」

「うぐっ⁉」

それって俺が悪いのか⁉

くそっ……！　でもこの瞬間にドキドキしている俺が居るのも確かだし、今すぐに飛び付きたいと思っている……俺はもう、抗えなかった。

ごくりと唾を飲み込み、二人に近づく。

「ほら……思いっきり来て？」

「どうぞ隼人君♪」

一つだけ言い訳をさせてもらえるならば、この時の俺はやっぱり冷静じゃなかったんだ

……そもそも、こんな風に美人な彼女たちに促されて我慢出来る奴が居るわけないだろ……。

「……行くよ？」

「え、えぇ♪」

「うん！」

更に近づくと、二人は同時にその豊満な胸を持ち上げた。

どっちから行く？　どっちから口を付ける……？　そんなことを考えつつも、俺は覚悟を決めてあ～んと口を開くのだった。

その後、事が全て終わり二人はちゃんと服を着ていた。

俺はというと、さっきのことが全く頭から離れてくれず……二人の顔を見ると鮮烈に思い出してしまって顔が熱くなってしまう。

（やばい……理性が焼き切れそうになるぞこれは……でも俺、よく我慢したな）

これまた天使と悪魔がずっと俺の頭上で円を描くように飛んでいたが、俺は最後の最後まで我慢した……我慢してちゃんと二人の胸元に塗りたくられたチョコを全て舐めとった

……本当に誰でも良いから褒めてほしい……それだけ俺は頑張った。

「隼人君、顔が真っ赤よ？」

「大丈夫かなぁ？」

「君たちは本当に……っ」

どうしてそんなにエッチで可愛いんだと大声を出しそうになり耐えた。

俺の様子にクスクスと笑う二人……正直言いたいことは山ほどあるけど、強く言えない

のが惚れた弱みというやつでもある。

そんな俺の隣に彼女たちは寄り添った。

「確かに悪いとは思いつつも……それだけあなたのことを想っているのよ。自分の全てを渡しても良いってそう思えるからどんなことだって出来るの」

「そうだよ？　全部隼人君だからこそ出来ること……えへへ♪　あたしたちの愛って凄いでしょ！」

両隣から囁かれ、俺はすぅっと息を吸い込み……そしてガッと二人を抱きしめた。

「……めっちゃ好き」

それだけ小さく伝えると、二人もまたギュッと抱きしめ返してきた。

拝啓――母さん父さん、俺は今……こんなにも幸せですけど、色々と大変なのは見てもらえば分かると思います。

付き合い始めて半年も経たないバレンタインでこれなので……この先どうなるか怖くて想像出来ませんが、とてもドキドキワクワクしています……これはきっと、亜利沙と藍那だからこその感情なんだと思います。

なんて、ちょっと真面目に言ってみたけど……より一層これからも大変そうだ。

けれどこれからもずっと、二人と末永く幸せに過ごせていけたらなと思う……どんなことがあっても、どんな困難にぶち当たっても大丈夫だと二人を守れるように、俺は彼女たちと共に生きていくんだ。


彼女たちと付き合い始めてから、クリスマスを過ごし……冬休みと正月も共に過ごし、こうしてバレンタインも一緒に過ごした。

これだけでも十分に濃く記憶に刻まれる盛りだくさんの日々だったけれど、まだまだこんなもんじゃない……まだまだ彼女たちと過ごす日々は、更なる刺激と幸せを運んでくれるんだろうなと容易に想像出来る。

「幸せだな……」

だからこそ、そんな小さな呟きが漏れて出た。

するとチュッとリップ音を立てるように、二人に両の頬へキスされ……耳元で優しくそっとこう囁かれた。

「私もよ」

「あたしもだよ」

そんな二人の言葉に、俺がまた強く抱きしめ返すのも当然のことだった。

冬休みが始まる前、二人から決して退屈しない冬休みを約束する……なんて言われたけど、冬休みもそうだがこのバレンタインも全く退屈なんてなかった……本当に楽しかったんだ。

これからもこれが続く……むしろ今まで以上にもっと濃密で幸せな瞬間が待っていると思うと、俺はもう楽しみで仕方なかった。

「なるほど……そういうことがあったんですね」

「はい」

亜利沙と藍那にチョコをもらったその日の夜、俺は咲奈さんと向かい合っていた。

実は仕事から帰ってきた咲奈さんにもチョコをもらったのだが、そのチョコはラッピングからも高級感漂うもので……正直、受け取るのに少し躊躇した。

(めっちゃ美味しかったな……)

亜利沙たちにもらったチョコが美味しかったのは言うまでもないが、咲奈さんから受け取ったチョコも本当に美味しかった。

「……ふぅ」

「ビール、美味しいですか？」

「ええ。とっても美味しいですよ」

俺はまだ酒は飲めないけど……いずれは飲むことになるのかなぁ。

今日は既に夕飯を終えており、恋人二人は仲良くお風呂タイムだ——そんな中、俺はこうして咲奈さんと二人で彼女たちが風呂から上がるのを待っている。

「……まあでも、俺が嘘を吐いたというか……誤魔化したことに違いはなくて、それで二人を不安にさせてしまって……」

「私は実際に見ていないので分かりませんけど、こうして話を聞いた今となっては、娘たちがあそこまで様子がおかしかったのも頷けます。とはいえ私自身、全く心配はしていませんでしたが」

佐伯とのことは既に済んでいるが、二人の異変に咲奈さんが気付いていたということを聞いたので、一応事の成り行きは全部伝えた。

すぐに誤解は解けたものの、娘二人を不安な気持ちにさせてしまったことで咲奈さんから責められることも覚悟していたが……やっぱりこの人は怒ったりせず、どこまでも優しく俺のことを見てくれた。

「それだけ……信頼してくれていたってことですか？」

「そうですよ？　あなたのことを信頼しない理由はありませんもの」

おぉ……そこまで言ってくれるのか。

お酒が入っているはずなのに、それでもジッと真剣に見つめてくるその瞳にはビックリの意味でドキッとしたが……って咲奈さん？　どうして立ち上がって俺の隣に来るんです？

困惑する俺を余所(よそ)に、隣に座った咲奈さんはグッと顔を寄せてきた。

咲奈さんの放つ良い香りに混ざるように酒の臭いも漂うけれど、そんなものは全く気にはならない。

「うふふ♪　近いですね？」

「っ……」

咲奈さんはただ笑っただけ……だというのに、その妖艶な笑みは容易(たやす)く俺の脈拍を激しくさせる——咲奈さんは俺の胸の中心に人差し指を当て、ツーッとなぞるように動かしながら言葉を続けた。

「何が起きていたのか分かりませんでしたけど、少しだけ発破を掛けた部分はあったのですよ。何かあっても安心しなさい——その時は私が隼人君を幸せにしてあげるからって」

「……そんなことがあったんですか」

俺は当然そのやり取りを知らないけれど、自分の知らないところでそういうことがあったというのはなんだかちょっと恥ずかしい気もする。

「隼人君はどうですか？　私がもしも、幸せにしてあげますって宣言したらどんな反応をします？」

「えっと……咲奈さん？」

グッと顔を寄せてきた咲奈さんに言いたい……あなた完全に酔っぱらってますね？

頬は赤く目もトロンとしているので、たぶんだけど明日になったらこのやり取りさえも咲奈さんは忘れているんじゃないか？　なんてことを考えていると、トンと体を咲奈さんに押された。

ソファの上に倒された俺に、咲奈さんはえいっと可愛い声を出して覆(おお)い被(かぶ)さってきた。

「ちょ、ちょっと咲奈さん？」

「うふふ～♪　温かいですねぇ隼人君はぁ♪」

あ～はい、これは完全にお酒の魔力にやられてしまっているようだ。

二人が戻ってくるまでに咲奈さんの相手をしなければなと気合を入れた直後、体を起こした咲奈さんが何故(なぜ)か服を捲(まく)った……え？

「捕獲で〜す♪」

「っ⁉⁉⁉」

捕獲……その言葉が示すように、俺の頭はすっぽりと咲奈さんの服に覆われた。

視界を埋め尽くす真っ暗とは別に、顔面を包み込む圧倒的なまでの柔らかさ……だから何をやってるんですかって‼

「暴れちゃダメですよ？　服が伸びちゃいますから」

「あ、はい」

なに納得してんだよとセルフツッコミを入れつつ、この状況でも亜利沙と藍那のおかげかそこまで慌てていない自分に逆に困惑しそうになる。

とはいえどうにかして逃げ道を探していると、咲奈さんが優しく問いかけてきた。

「あの言葉……嘘じゃありませんよ——隼人君……大好きです」

「…………」

そしてまた、この人は俺をドキッとさせた。

ただ……すぐに頭上から寝息が聞こえてきたため、この意味不明な状況で咲奈さんは寝落ちしたらしい。

「ただいま……ってなにしてるの？」

「隼人君とお母さんが合体してる!!」

合体って言うな！

その後、俺は戻ってきた二人のおかげで無事に咲奈さんの天国拘束から抜け出すことが出来た。

「災難だったわね？」

「本当に災難だったの？」

「ぐっ……」

場所は打って変わって亜利沙の部屋だ。

咲奈さんの拘束から助けられたとはいえ、早速俺を弄る気満々の藍那に図星を突かれ、俺は何も言えずに下を見る。

「藍那、あれは流石に母さんが悪いわよ」

「分かってるよぉ。でも……ああやって服の中に閉じ込めるやり方は見習わないといけませんな！」

見習わなくて良いよマジで！

でも確かに男心をくすぐる魅惑の展開ではあったが……むしろ、世の中の一定数の男ならば血涙を流すほどに羨ましい瞬間だったのは間違いない。

とはいえ想像してほしい！　戻ってきた恋人たちの前で、その母親の服の中に頭を突っ込んでいた……そんな俺の心境を是非とも想像してほしい……一瞬だけ死にたいと思ったほどだから。

「でも母さんがあそこまで酔っ払うのって隼人君が来てからよね。それだけ隼人君を信頼しているし、楽しい気持ちになるってことなのよ」

「そうだねぇ。ちょっと困ることもあるけど、あんなお母さんを見られるのはあたしたちにとっても嬉しいことなんだよ」

「そんな風に思ってくれるならありがたい限りだよ」

そう言って俺は床に横になり、疲れて大きく息を吐いた。

すると亜利沙が膝をポンポンと叩いたので、これは膝枕のお誘いだなと俺はすぐに彼女のもとへ。

亜利沙の膝の上に頭を乗せると同時に、俺のお腹に藍那が頭を乗せた。

「ふふっ、何なのかしらねこの光景は」

「良いじゃんかぁ。このままのんびりしよ〜」

そのまましばらくジッと動かずにのんびりとした時間を過ごす。

特に会話も何もないが、俺だけでなく彼女たちも満足しているような雰囲気が伝わってくる。

俺のお腹に頭を乗せていた藍那だったが、徐々に顔の位置を俺の顔に近付け……亜利沙の手の平に阻まれていた。

「むぅ！　何するの姉さん！」

「今はゆっくりする時間でしょ？　気持ちは分かるけど我慢なさい」

亜利沙がそう言うと、藍那はぷくっと頬を膨らませて反論した。

「そう言うけどあたし気付いてるよ？　姉さんったら一定間隔で隼人君の頭にワザと胸を押し当てては引いてるじゃん！　思いっきり意識させようとしてるじゃん！」

「……それはそれ、これはこれよ」

……まあはい、藍那の言うようにちょくちょく頭に当たる感触はあったが頑張って意識しないようにしていたわけだ。

それからあ～だこ～だと言い合いをする二人、俺は変わらず膝枕をされた状態でそれを眺めていたが楽しいことに変わりはない。

（……特に大変なことがあったわけじゃないけど、一つの壁を乗り越えたような達成感があるのは何だろうな）

そんなことを考えつつ、思いのほか白熱する二人を仲裁するために間に割って入ったのだが……それが更に状況を悪化させた。

「隼人君は！」

「どっちの味方なの!!」

どっちの味方でもありますけど!?

……なんて、そんな風にやっぱりバレンタインという特別な日も、俺たちの終わり方はとても賑(にぎ)やかで騒がしいものだった。

これからも多くの時間を彼女たちと一緒に過ごすことはほぼ確定だろうけど、果たしてどうなるのか想像すると凄(すご)く胸が高鳴るってもんだ。

あとがき

みょんです。

この度、無事にこうして美人姉妹――「おとまい」の二巻を世に出すことが出来ました！

分かっていたことではありますが、本当に大変でした。

しかしそんな中でも自分の原動力になったのが、二巻を楽しみだと言ってくださった読者のみなさんのおかげでもありますし、何より自分自身が頑張りたいと思ったのも大きいです。

今回こちらの「おとまい」と、もう一つの作品の二巻が同時発売ということで……二度目になりますが本当に、本当に大変でしたけど！　大変でしたけども！　こうして形になってホッとしています。

一巻から更にパワーアップしたイチャイチャ、それを届けるために頑張ったわけですが……それを更に引き立たせてくれたのはやっぱり今回もイラストを担当してくださいましたぎうにう先生のおかげです。

凄く可愛(かわい)くて凄くエッチで……初めて今回のイラストを見た時には思わず「おぉ……」

ってなったほどです（笑）。

クリスマスや年末年始の絡み、バレンタインなどこんなことをされたら嬉しいなというものを詰め込みました……はい詰め込みました！

特に冬なのに露出度全開のサンタ服だったり、帯が緩むだけではだける晴れ着のシーンなど、特に楽しく書くことが出来たと思います……まあ何にしても色っぽくなってしまうんですけどね（笑）。

最後にはなりますが、二巻を手に取ってくださったみなさん、本当にありがとうございました！

もしも叶(かな)うならば、また三巻でお会いできればと思います！

男嫌いな美人姉妹を名前も告げずに助けたら一体どうなる？２

著　みょん

角川スニーカー文庫　23711

2023年７月１日　初版発行

発行者　山下直久

発　行　株式会社KADOKAWA
〒102-8177 東京都千代田区富士見2-13-3
電話　0570-002-301（ナビダイヤル）

印刷所　株式会社暁印刷
製本所　本間製本株式会社

●お問い合わせ
https://www.kadokawa.co.jp/（「お問い合わせ」へお進みください）
※内容によっては、お答えできない場合があります。
※サポートは日本国内のみとさせていただきます。
※Japanese text only

Printed in Japan　ISBN 978-4-04-113842-7　C0193

★ご意見、ご感想をお送りください★
〒102-8177 東京都千代田区富士見 2-13-3
株式会社KADOKAWA　角川スニーカー文庫編集部気付
「みょん」先生
「ぎうにう」先生

角川文庫発刊に際して

角川源義

第二次世界大戦の敗北は、軍事力の敗北であった以上に、私たちの若い文化力の敗退であった。私たちの文化が戦争に対して如何に無力であり、単なるあだ花に過ぎなかったかを、私たちは身を以て体験し痛感した。西洋近代文化の摂取にとって、明治以後八十年の歳月は決して短かすぎたとは言えない。にもかかわらず、近代文化の伝統を確立し、自由な批判と柔軟な良識に富む文化層として自らを形成することに私たちは失敗して来た。そしてこれは、各層への文化の普及滲透を任務とする出版人の責任でもあった。

一九四五年以来、私たちは再び振出しに戻り、第一歩から踏み出すことを余儀なくされた。これは大きな不幸ではあるが、反面、これまでの混沌・未熟・歪曲の中にあった我が国の文化に秩序と確たる基礎を齎らすためには絶好の機会でもある。角川書店は、このような祖国の文化的危機にあたり、微力をも顧みず再建の礎石たるべき抱負と決意とをもって出発したが、ここに創立以来の念願を果すべく角川文庫を発刊する。これまで刊行されたあらゆる全集叢書文庫類の長所と短所とを検討し、古今東西の不朽の典籍を、良心的編集のもとに、廉価に、そして書架にふさわしい美本として、多くのひとびとに提供しようとする。しかし私たちは徒らに百科全書的な知識のジレッタントを作ることを目的とせず、あくまで祖国の文化に秩序と再建への道を示し、この文庫を角川書店の栄ある事業として、今後永久に継続発展せしめ、学芸と教養との殿堂として大成せんことを期したい。多くの読書子の愛情ある忠言と支持とによって、この希望と抱負とを完遂せしめられんことを願う。

一九四九年五月三日